Deryn Glân i Ganu

SONIA EDWARDS

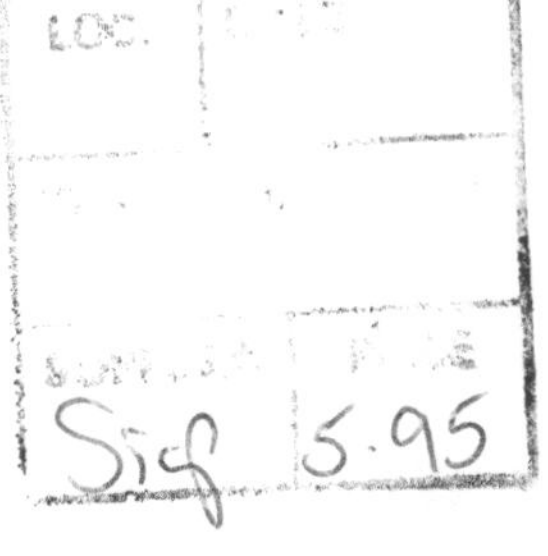

y Lolfa

Argraffiad cyntaf: 2008

Comisiynwyd y gyfrol hon gyda chymorth ariannol Adran Plant,
Addysg, Dysgu Gydol Oes a Sgiliau

Cynllun y clawr: Cyngor Llyfrau Cymru

Rhif Llyfr Rhyngwladol: 978 1 84771 105 2

Cyhoeddwyd ac argraffwyd yng Nghymru
gan Y Lolfa Cyf., Talybont, Ceredigion SY24 5AP
gwefan www.ylolfa.com
e-bost ylolfa@ylolfa.com
ffôn 01970 832 304
ffacs 832 782

Y Cymeriadau

Prif gymeriadau'r ysgol

Rita Salisbury – y brifathrawes

Griff Morgan

Alys Jones

Rhian Preis

Dafydd Salisbury – myfyriwr ar ymarfer dysgu

Dyl Bach neu **Dylan Hughes** – Disgybl

Y cymeriadau yn eu teuluoedd

Gwen Morgan – y fam

Geraint Morgan – y tad

Griff, yr athro – eu mab

Mefus – chwaer Gwen

Sel – ffrind Geraint a gŵr Mefus

Emrys Salisbury – y tad

Rita Salisbury – y fam a chariad Geraint Morgan

Huw Salisbury – eu mab

Dafydd Salisbury – mab

Elin Salisbury – eu merch

Gwil – partner busnes Emrys

Iona – ei wraig

Beca – y ferch a ffrind ysgol Griff

Non – y ferch a chariad Huw Salisbury

"Wel, wel. Ylwch pwy sgynnon ni'n fama! Griff Ty'n Llan yn snogio'i gariad newydd!"

Mae geiriau Huw Fawr yn disgyn dros y cyfan fel cawod o gerrig. Dros y gusan. Dyna'r cyfan ydi hi. Oedd hi. Un gusan fach. Llai na chusan. Sws. Sws sydyn, swil sydd bellach drosodd. Ac yn fêl ar facha Huw. Wel, siŵr Dduw ei bod hi. Mi fasa rhywbeth fel hyn, yn basa?

"Yr hen Griff yn dangos ei liwiau o'r diwadd, ylwch."

Mae Huw'n dwrw mawr, yn orchest i gyd, yn union fel petai o'n annerch cynulleidfa. Ond fo ydi'r unig un sydd yno. Ar wahân iddyn nhw ill dau. Fo a Griff.

Ac Arwyn.

Mae pawb yn y coleg yn gwybod fod Arwyn yn hoyw. Dydi o erioed wedi gwneud cyfrinach o'r peth. Mae o wedi bod yn agored ynglŷn â'i rywioldeb o'r cychwyn cyntaf. Ers Wythnos y Glas a'r tywydd yn anghyffredin o fwyn, yn Ha' Bach Mihangel go iawn. Mynd ar ei 'býb crôl' colegaidd cyntaf yn gwisgo sarong a hynny yng nghwmni'r genod, wrth gwrs. Cês. Cael blas-enw'n syth. Arwyn Sgert mae pawb yn ei alw fo rŵan, byth ers y noson honno.

Uffar o noson dda, medda pawb.

Mae Griff yn cofio'r noson honno'n dda. Noson sy'n nofio rŵan o flaen ei lygaid o a'r gusan – naci'r sws – yn pigo'i wefus o fel dolur annwyd. Mae o'n meddwl, fel y gwnaeth o'r noson honno, y basa fynta'n licio pe bai ganddo'r gyts i fod fel Arwyn. Bod yn fo'i hun. Mae o'n gwybod pwy ydi o. Beth ydi o. Ond mae hyd yn oed cyfadda wrtho fo'i hun yn gwneud iddo gochi. Cywilydd. Dyna ydi o yn y bôn. Cywilydd o'i deimladau. Gormod o gywilydd a dim digon o hyder. Mae gan Arwyn Sgert lond trol o hwnnw. A dyna rywbeth arall na fedar Griff mo'i ddallt. Yr hyder 'ma. Y gallu i fyw yn dy groen dy hun a malio sod-ôl am neb.

Mae o wedi credu erioed mai dim ond boi rêsyrs a chwaraewrs rygbi sydd â'r hawl i fod felly. Penna bach efo cluniau mawr sy'n trin genod fath â baw a'r rheiny wedyn yn dal yn ddigon gwirion i ddisgyn wrth eu traed nhw. Hogia calad sy'n medru handlo'u hunain ar nos Sadwrn pan fo'r tafarnau'n cau.

Hogia fath â Huw Fawr.

Griff

Y cwbwl dwi'n ei gofio'n iawn am y noson honno ydi'r lleuad. Roedd ei gwythiennau hi wedi codi fel y gwythiennau gleision ar gefnau dwylo Taid ers talwm. Gwythiennau amlwg, chwyddedig. Doedd hi ddim yn dlws fel y bydd pob lleuad lawn. Roedd hon yn wahanol. Llygad Seiclops o leuad yn grwn yn nhalcen y byd. Fedrwn i ddim dianc rhagddi. Bob tro'r edrychwn drwy ffenest y car dyna lle'r oedd hi'n fy nilyn i. Yn gwneud i mi deimlo'n oer.

Mae misoedd erbyn hyn ers i mi weld unrhyw fath o leuad. Ond mae hi yno o hyd, tu mewn i mi, yn llosgi'n wyn. Yn gwneud fy mhenderfyniad drosta i.

Y cwbwl wela i heno ydi fy ngwythiennau i fy hun, yn ymestyn ar hyd fy ngarddyrnau fel canghennau. Yn llawn. Yn aeddfed. A'r croen mor denau drostyn nhw. Bron yn dryloyw. Yn dynn. Yn barod i hollti…

'Rysgol

Mae yna wariars ym Mlwyddyn Deg. Maen nhw'n gwisgo hwdis dros eu crysau ysgol ac yn meddwl eu bod nhw'n edrych yn galed. Maen nhw'n iawn. Does ganddyn nhw ddim cywilydd. Dim ond hyder. Maen nhw'n cnoi geiriau'r athrawon newydd dibrofiad ac yn poeri'r cerrig yn ôl i'w hwynebau. Nhw sy'n cael y gair ola bob tro. Hwdis Blwyddyn Deg yn erbyn Athro Ifanc Dan Hyfforddiant. Pnawn Gwener gwlyb. Maen nhw'n gwrthod tynnu'u cotiau. Tecstio'i gilydd o'r rhesi ôl.

"Karen Hughes, tyrd â'r ffôn yna i mi!"

"Sgin i'm un!"

"Ma hi'n deud y gwir, Syr! Feibrêtor ydi o!"

Hwdis un, Athro Ifanc dim. Mi eith o adra'n teimlo'n fethiant a'i benwythnos o wedi'i ddifetha am ei fod o'n poeni am fynd yn ei ôl i'w hwynebu fore Llun. Mi fyddan nhw'n anghofio am ei fodolaeth o ar ganiad y gloch ond dydi o ddim yn gwybod hynny eto. Ifanc ydi o. Mi ddysgith ynta. Fel gwnaeth Griff. Pawb yn mynd drwyddo fo. Bedydd tân. Ond mae Griff yn cŵl rŵan. Pennaeth Adran. Yn y job ers pedair blynedd a'r coleg ymhell y tu ôl iddo. Yn gallu trin ei Flwyddyn Deg.

"Be ddigwyddodd, Terry? Rhoi dy fys yn plwg

lectric bora 'ma?"

Chwerthin. Mae Terry Glover wedi jelio'i wallt yn bigau fel crib ceiliog. Pawb yn mwynhau'r jôc achos bod Syr yn ocê. Boi iawn. Terry ydi'r unig un hefo wyneb hir. Ond nid oherwydd y jôc.

"Be sy, Tez?"

"Dipresd."

"O?"

"Brawd fi, Syr."

"Ydi o'n sâl?"

"Na."

"Be ta?"

"Goro mynd i jêl mae o."

"Wela i." Griff yn difaru holi rŵan. Mae Chris Mac yn gwybod pam ac yn egluro heb i neb ofyn iddo fo.

"Dwyn tun tomatos o siop Spar ddaru o. Ynte, Tez?"

"Ia. Mae o wedi cael wyth mis."

"Esgob. Dipyn o gosb felly?"

"Mis am bob tomato oedd yn y tun," medda Terry'n ddigalon. "Uffernol, 'te."

"Anffodus iawn, Terry."

"Naci, lwcus, deud y gwir," medda Chris Mac.

"Be ti'n feddwl 'lwcus', y twat!" Mae Griff yn dewis anwybyddu'r gair. Mi fedra fod yn waeth. Mae isio cyllell a fforc i drin rhai fel hyn. O achos eu bod nhw'n dallt ei gilydd. Ac mae yntau'n eu dallt nhwtha. Yn gwybod mai cau ei geg mae o i fod i'w wneud rŵan a gadael i Chris Mac ddod â fo'i hun allan ohoni. Mae Terry Glover mewn diawl o dempar ond os mêts, mêts. Mae doethineb Chris Mac yn llorio pawb a'u gadael yn fud:

"Jyst lwcus na tomatos oeddan nhw. Meddylia faint fasa fo di'i gael tasa fo wedi dwyn tun bîns!"

Alys

Dwi'm yn gwybod be faswn i'n ei wneud taswn i'n gorfod dysgu'r dosbarth TGAU ofnadwy 'na sydd gan Griff. Wrth lwc fydd dim rhaid i mi sefyll o'u blaenau nhw byth. Mi roddodd o Set 1 i mi er bod Rhian Preis wedi gwneud wyneb tin pan ffeindiodd hi allan. Hen biwan ydi hi. Peth fach, fach hefo uffar o ben ôl mawr. Gwasgu'i thin i sgertiau rhy dynn, rhy gwta. Cofia dy fod ti ymhell dros dy fforti, Rhian fach. Dipyn yn hen i ffasiynau New Look, wyt ti ddim yn meddwl? Nag wyt, mae'n rhaid, neu fasat ti ddim yn dod i dy waith yn edrych fel pe baet ti wedi dwyn dillad genod y Chweched. Ia, wn i. Miaw, miaw. Ond sut arall mae disgwyl i mi deimlo?

Cyn i mi gyrraedd ar y sîn, hi oedd yn cael yr hufen i gyd. Y setiau uchel. Gwersi hefo'r Chweched. Hi a Griff a neb arall yn cael lwc-in. Mae hi wedi bod yma ers blynyddoedd, ymhell o flaen Griff. Ond mae hi'n cymryd ei hordors ganddo fo'n wên deg i gyd oherwydd mai dyn ydi o. Ac mae o'n lot fengach. Yn dipyn o bishyn, a dweud y gwir. Dipyn o bêb yn ôl sawl un o'i ddisgyblion. Dydw i ddim yn amau nad oedd yr hen Rhian wedi meddwl amdano fo iddi hi'i hun. Drîm on, Mrs Preis! Un peth ydi stwffio dy flonag i Wonderbra, ond peth arall ydi cadw dy ddyn – a dy fronna'n uwch na'r llawr, unwaith rwyt ti'n tynnu'r sgaffaldiau a gadael i'r cyfan weld golau dydd.

Mae'n dda na fedar hi – na neb arall – ddarllen y meddyliau hyn. Mi fasa pobol yn meddwl fy mod i'n hen bitsh fach sbeitlyd. Ond meidrol ydw i, dyna'r cyfan. Cig a gwaed. A fedra i ddim anghofio'i geiriau croesawus hi pan ymunais â'r adran am y tro cynta:

"Dwi'n siŵr y byddi di'n setlo, cyw, ac yn gydwybodol hefyd ond ddoi di byth i sgidia Elliw, cofia. Dyna i ti chwip o athrawes. Mi fydd yn golled fawr i'r adran ar ei hôl hi."

Ond yn fwy o golled i ti na neb arall, ynte, Rhian, a chditha wedi dibynnu cymaint ar ei nodiadau hi.

Dwi'n glên yn ei hwyneb hi, wrth gwrs. Ac mae hithau'n siwgwraidd hefo finna. Ond mi ydan ni'n dwy'n dallt fod yna ryw weiren bigog anweledig rhyngon ni yn sicrhau na wnawn ni byth gofleidio'n gilydd go iawn. Mae gynnon ni'n dwy un peth yn gyffredin a Griff ydi hwnnw. Ac nid y ffaith mai fo ydi'r Pennaeth Adran dwi'n ei feddwl chwaith. Mi ydan ni'n dwy yn ei ffansïo fo. O, dydan ni ddim wedi cyfadda hynny wrth ein gilydd nac wrth neb arall. A dweud y gwir, mi fûm i'n ddigon cyndyn o gyfadda wrtha i fy hun am sbel.

Ei anwyldeb o sy'n eich denu chi gyntaf. Y ffordd honno sy gynno fo o wneud i chi deimlo mai chi ydi'r unig un sy'n cyfri, a bod pob gair o'ch eiddo'n bwysig. Dyna pam ei fod o'n athro cystal, mae'n debyg. Mae o'n help ei fod o'n ddel hefyd, wrth gwrs. Mae hynny'n golygu nad oes angen disgyblaeth arno bron wrth ddysgu'r genod, gan eu bod nhw'n glynu'n addolgar wrth bob gair mae o'n ei ddweud! Dydi ei groen o byth yn hollol welw. Mae hi fel pe na bai o byth yn colli'i liw haul yn llwyr. A'r gwallt du 'na'n cyrlio'n dyner ar goler ei grys o. Mae o hyd yn oed yn gwneud i wisgo tei edrych yn cŵl oherwydd nad ydi o byth yn ei glymu o'n dynn reit i'r top. Mae hynny'n rhoi'r argraff rhywsut fod rhywun newydd fod wrthi'n trio rhwygo'i ddillad oddi amdano fo! Pwyll rŵan, Alys. Mae gen ti ormod o ddychymyg weithiau! Dim ond Griff Morgan fyddai'n gallu gwisgo jîns i'r ysgol heb edrych fel tasa fo'n mynd allan ar drip maes.

Dwi'n meddwl ei fod o'n gwybod weithiau fy mod i'n gwneud llygaid llo arno fo. Sut medrai o beidio sylwi? Dwi'n dweud rhyw bethau bach awgrymog ac mae o'n chwerthin ond ai am ei fod o'n fy ffansïo inna ydi hynny ynteu ai am ei fod o'n rhy glên i beidio? Mae hi'n anodd ei ddarllen o. Efallai fod ganddo gariad yn barod, ond mae o'n berson mor breifat dydw i dim hyd yn oed yn gwybod hynny. A dydi Rhian ddim yn gwybod chwaith yn ôl y ffordd y bydd hithau'n bachu ar bob cyfle i fflyrtio hefo fo!

"Ti'n berson cynnes iawn, Alys," medda fo wrtha i unwaith. "Dyna sut mae'r plant yn ymateb cystal i ti."

Cynnes. Dyna mae o'n ei feddwl, ia? Mi allwn i fod yn boeth iawn pe bawn i ddim ond yn cael y cyfle! Ac mi ga i 'nghyfle hefyd, yn hwyr neu'n hwyrach. Yn y cyfamser, mi wna i fodloni ar chwarae'r gêm.

Dyl Bach

Mae ysgol yn crap. Mae bywyd yn crap. Lesyns yn crap. Tîtshyrs yn crap. Wel, heblaw am y boi Welsh. Mae o'n ocê. Normal. Siarad hefo chdi fel tasat ti'n hiwman bîn. Nath o ofyn i mi ddarllan wbath ro'n i wedi'i sgwennu. Ddarllan o'n uchel 'lly.

"No wê," medda fi. "Mae o'n crap."

Nath pawb biso chwerthin, do. Ond be oedd yn amêsing oedd bod o wedi chwerthin hefyd. 'Swn i wedi deud 'crap' o flaen un o'r lleill – y blydi beth Preis 'na'n un – wel, faswn i ddim wedi clywed ei diwedd hi. Ond mi oedd Griff Welsh yn cŵl. Hyd yn oed yn ei ddeud o'i hun wedyn!

"Nac'di tad," medda fo. "No wê bod o'n crap i gyd, Dyl Bach!" A mi nath pawb chwerthin eto ond ddim am fy mhen i. Mi oeddan nhw'n chwerthin hefo fi a hefo Griff Welsh hefyd. Pawb yn cael laff ond doeddwn i ddim yn teimlo ei fod o'n trio gneud i mi deimlo'n shit fel mae'r rhan fwya o athrawon yn 'i neud. Mi ro'n i'n teimlo'n sbesial mewn ffordd achos bod y sylw i gyd arna i. A dyma fo'n deud wedyn wrthan ni i gyd:

"Oeddach chi'n gwbod bod 'crap' yn arfar bod yn air Cymraeg go iawn?"

"No wê!" medda Tez.

"Oedd tad. Cael crap ar rwbath oedd dallt petha'n well." Ac ar ôl i bawb orffen chwerthin yn wirion mi ddudodd o bod 'na brogram ar teli – rhaglen deledu ddudodd o, de – ers talwm iawn cyn i ni i gyd gael ein geni hefo'r boi ffêmys 'ma oedd yn dallt bob dim am boitri Welsh a ballu. Ac enw'r program oedd *Crap Ar Y Petha*! Grêt, de? Oedd pawb yn meddwl bod hynna'n wel hilêriys ac wrth adael yn deud petha fel: "Lesyn dda, Syr. 'Dan ni i gyd wedi cal crap ar y petha!".

Biti na fasa bob tîtshyr fela. Sa ysgol yn well wedyn. Haws sticio fo allan pan ma twats fath â Dean Gym yn pigo arna i. Am enw. Wil Dean. Tebycach i Dwll Din.

"Lle ma dy drowsus ysgol di, Dylan Hughes?" medda fo dros y blydi neuadd a finna wedi trio sleifio i mewn yn hwyr a chuddio yn cefn. Tynnu sylw pawb ata i a finna di gorfod gwisgo tracis.

"Yn y wash," medda fi. Teimlo fy hun yn mynd yn goch i gyd. Teimlo fath â prat. Mi oedd hynny'n wir, mewn ffordd. Mi oedd fy nhrowsus ysgol i yng ngwaelod y fasged olchi a hynny ers dyddia a sana drewllyd pawb arall ar eu penna nhw. Petha'n shit adra ers i Catrin adal. Hi oedd yn golchi'n stwff i a'i stwff hi achos 'di Mam byth adra. Allan drw'r nos a rowlio adra'n chwildrins pan oeddan ni i gyd yn barod i fynd am yr ysgol. Dim rhyfadd bod ni i gyd yn hwyr bob dydd a dim byd glân i'w wisgo.

Dwi'n trio helpu'r ddau fach ond ma hi'n anodd. Dydi Connor ddim yn bad achos mae o'n ddeg oed ac yn gneud lot iddo fo'i hun. Callum sy'n slo. Dim ond saith ydi o a sgynno fo'm help. Dwi'n gweiddi arno fo o hyd a dwi'n teimlo'n shit wedyn. Nid arno fo ma'r bai, naci?

Os oedd petha'n crap o'r blaen mi fyddan nhw'n waeth heb Catrin. Mae hi wastad wedi bod yn fwy o fam nag o chwaer fawr. Ond mi aeth hi'n uffar o row, do, rhwng Mam a hi am ei bod hi wedi mynd i ddisgwl.

"Hwran!" medda Mam wrthi.

"Tynnu ar dy ôl di felly, tydw?" medda Catrin.

Mi oedd yna ddiawl o le wedyn. Mam yn rhoi slap iddi ar draws ei gwynab. A mynd ddaru Catrin. Pacio'i stwff a mynd i aros efo teulu'i chariad.

"Paid â phoeni, Dyls. Mi ga i dŷ cownsil munud ddaw'r babi." Ac mi roddodd ei bys ar ei thalcen a deud: "Up here for thinking, yli. Pawb yn neud o!"

A dyma fi'n dallt. Uffar o blan da. Ffordd o ddianc.

"Dim damwain oedd hi felly? 'Nest ti drio mynd i ddisgwl babi?"

Catrin yn wincio. Deud 'swn i'n cael mynd i fyw ati'r munud oedd y tŷ wedi'i sortio. Ond dim ond fi. Fasa hi ddim yn medru côpio hefo'r ddau arall a babi. Dwi'n edrach ymlaen. Fydd petha'n well wedyn. Bechod dros Connor a Callum. Ond dyna fo. Fel dudish i. Ma bywyd yn crap.

Rhian Preis

Wn i ddim pwy ma'r bitsh fach yn ei feddwl ydi hi. Dysgu ers pum munud ac yn cael Set 1 yn syth. Mi oedd hi'n gwisgo rhyw dop byr ddoe a'i botwm bol hi'n dod i'r golwg wrth iddi symud y mymryn lleiaf. Mae ganddi hi ryw ffordd o edrych arna i sy'n gwneud i mi wingo. Os oes gen i sgert dipyn byrrach nag arfer mae hi'n gwneud pwynt o edrych ar fy mhennaglinia i ond heb ddweud gair o'i phen. Ac i gyfeiriad fy ngwddw i a fy mronnau i fel pe bai hi'n awgrymu bod fy nhopiau i'n rhy isel hefyd.

"O, Rhian," medda hi'r diwrnod o'r blaen pan oedden ni'n gadael y neuadd, "gobeithio nad ydach chi'n meindio i mi ddeud wrthach chi ond mae gynnoch chi lein ar hyd eich gwynab lle mae'ch mêc-yp chi'n gorffen. Jyst rhag ofn i rywun arall sylwi, 'te?"

"Diolch, " medda fi drwy fy nannedd gan drio 'ngora i beidio dangos faint oedd hi wedi'i darfu arna i.

"Croeso," meddai hi'n siwgwraidd. "Os mêts, mêts, 'te?"

Mêts o ddiawl. Mi faswn i wedi licio'i thagu hi. I ffwrdd â hi wedyn i wneud llgada llo bach ar Griff. Does ganddo fo fawr i'w ddweud wrthi chwaith, go iawn. Mi fedra i ddweud wrth edrych arnyn nhw. Mae hi'n gwneud ei gorau glas i dynnu arno ond does yna ddim sbarc i'w weld pan fydd o'n edrych arni hi. Dim cemeg rhyngddyn nhw er bod Alys yn hoffi meddwl bod. Does ganddi hi ddim clem sut i drin dyn. Na sut i drin dosbarth chwaith!

Gwen Morgan

Ger oedd yr unig un i mi. Ac roedden ni'n hapus. Mewn cariad. Mae pobol ifanc heddiw'n meddwl mai nhw ddaru ei ddarganfod o. Cariad. Rhyw. Dydi eu hanner nhw'n gwybod dim byd amdani. A dweud y gwir, mae yna bobol sydd wedi byw oes gyfan heb brofi dim byd tebyg i'r hyn oedd gan Ger a fi.

Roedden ni'n gariadon ers dyddiau ysgol pan oedden ni'n dau yn y Chweched Dosbarth hefo'n gilydd. Doedd yr un ohonon ni'n brofiadol iawn lle oedd caru yn y cwestiwn. Ond roedden ni'n lwcus. Y rhai prin hynny sy'n dod o hyd i gariad go iawn. Swnio fel stori garu mewn cylchgrawn merched, dwi'n gwbod. A fedrwn i ddim credu fy lwc. Mynd i'r coleg hefo'n gilydd wedyn. Dyweddïo. Priodi. Cael mab bach perffaith a'r holl drio a'r methu'n mynd yn angof.

Roedden ni mor hapus.

Rhy hapus.

Mae'n debyg mai dyna pam aeth popeth o chwith.

Am nad oes gan neb yn y byd yr hawl i fod mor hapus â hynny.

Beca

Mae pawb yn cofio'i ddiwrnod cynta yn yr ysgol gynradd. Cadeiriau bach, byrddau bach, llefrith ddylai fod yn oerach a phlant diarth yn crio a'u trwynau nhw'n rhedeg. Petha felly dwi'n eu cofio. Ac yno dwi'n cofio gweld Griff am y tro cynta.

Roedd gen i hiraeth. Isio Mam. Isio mynd adra. Roeddwn i'n iawn i gychwyn. Edrych ymlaen. Gweld rhai eraill yn crio ddifethodd betha. Fel pobol eraill yn chwydu ar fordaith a chitha wedi teimlo'n berffaith iawn cyn i chi ogleuo'u hen salwch nhw. Peth felly oedd o. Fy hiraeth i. Roedd gen i ddeigryn poeth ym mhob llygad, yn cymylu fy ngolwg i fel niwl ar ddrych. Dyna pam na welais i mo'i wyneb o'n syth, dim ond gwybod fod rhywun wrth fy ymyl i'n trio cydio yn fy llaw.

"Ti isio ista hefo fi?"

Roedd o'n eiddil. Ei ddillad o i gyd yn edrych rhyw fymryn yn rhy fawr iddo. Hanner ei law fach ar goll o dan lawes rhy hir. Cynigiodd ei hances boced i mi. Er fy mod i'n fwy na fo cefais deimlad saff yn fy mol fod rhywun wedi cyrraedd i edrych ar fy ôl. Gadewais iddo fy nhywys i at y ffenest lle'r oedd llond bocs o Lego. Un o'r petha dwi'n eu cofio hyd heddiw am y bore hwnnw ydi fod y Lego'n gynnes i gyd am fod yr haul wedi bod arno fo yn disgleirio arno fo drwy'r ffenest.

"Griff ydw i," medda fo.

Wenodd o ddim. Ddim unwaith. Dim ond dechrau estyn y blociau bach Lego a'u pasio nhw i mi fesul un. Erbyn amser chwarae roedden ni wedi adeiladu pont.

Gwen Morgan

Mis Mai oedd hi. Yr ha' wedi cyrraedd yn gynnar. Roedden ni wedi cael gwahoddiad i dŷ Mefus, fy chwaer. Roedd Griff newydd gael ei ben-blwydd yn saith oed. Am ryw reswm od, dwi'n dal i gofio Ger yn sbio allan i'r ardd ac yn dweud fod y gwair angen ei dorri.

"Mi fasa'n rheitiach i mi aros adra i neud hynny na hel fy nhraed i ryw farbeciw," meddai. "Be ti'n ddeud, 'rhen ddyn?" Hyn wrth Griff a safai ar flaenau'i draed ar sedd y ffenest gron. Gwasgai'i foch yn erbyn oerni'r gwydr nes bod cwmwl bach siâp blodyn yn ffurfio o flaen ei wyneb. Rhyfedd fel mae rhywun yn cofio'r petha bach.

Ond mynd ddaru ni, Griff â'i bêl-droed newydd o dan ei gesail.

"Gawn ni gêm hefo Yncl Sel a Gareth," meddai Ger wrth y bychan. Ei godi ar ei ysgwyddau tra cerddon ni'n tri at y car.

Dim ateb. Ger yn dal i bwyso. Gormod o frwdfrydedd yn ei lais.

"Dau dîm. Chdi a fi yn erbyn Gareth ac Yncl Sel. Ia, Griff?"

"Ia, Dad."

Ac mi ddigwyddodd rhywbeth yn fy nghalon i. Rhyw wayw. Greddf Mam efallai. A sylweddoli fod rhywbeth newydd ddigwydd ond nad oeddwn i'n siŵr iawn am ychydig beth yn union oedd o. Fel cael pigiad gan bry llwyd. Poen bach sydyn a'r croen o'i gwmpas yn cochi ac yn caledu. Troi'n gur.

Oherwydd i mi ddod i ddallt y munud hwnnw nad oes yna fawr o ddim byd tristach nag edrych ar blentyn bach saith oed yn cogio gwenu er mwyn plesio pobol eraill.

Mefus

Mae 'na rai petha sy'n cael eu serio ar y cof am byth. Lluniau sy'n llonydd yn eu harswyd fel sgrechfeydd yn fferru.

Fel wyneb Gwen pan ddywedwyd wrthi fod Ger wedi marw. Newidiodd ei lliw fel petai cwmwl llwyd wedi pasio drosti. Trodd o fod yn welw i dryloyw. Lliw dim byd, fel glaw neu wydr. Lliw corff.

"Gwen..." Fy llais i fy hun yn dod o rywle arall. Gafael amdani a hithau fel delw. Ogla'r mwg o'r barbeciw wedi dechrau glynu yn ei gwallt hi.

Roedd hi'n fregus yn fy mreichiau i, yn gryndod i gyd. Finna'n teimlo mai fi oedd y chwaer hŷn, nid y hi. Hi fyddai'r un oedd yn cysuro bob amser. Pan oedden ni'n blant, a finna'n disgyn a 'mhennaglinia fi'n grafiadau i gyd, hi fyddai yno i 'nghodi. I lapio'i hances wen yn dyner dros fy mriwiau a finna'n fôr o grio.

Ond roedd angen mwy rŵan na ffunen boced dros friw. A doedd Gwen ddim yn crio. Dim ond yn dal i grynu'n afreolus. Dydw i ddim yn cofio sut cawson ni hi i'r tŷ o'r ardd. Dim ond cofio'r petha bach gwirion. Frank Plisman hefo plastar pinc ar flaen ei fys. Meddwl pa mor ddoniol fasa hynny fel arfer, dyn mawr fath â hwnnw'n gymaint o fabi mawr i fod isio plastar ar bopa. Ond doedd dim byd yn ddoniol y diwrnod hwnnw. Doedd 'na ddim teimladau.

Dim byd.

Dim ond fod popeth – pob un dim – wedi fferru ac yn crogi mewn gwagle.

Sel

Roedden nhw'n hwyr yn cyrraedd. Rhywbeth ynglŷn â bod Griff bach naill ai wedi bod yn sâl ar y ffordd neu iddo fod isio stopio i pi-pi. Geraint yn deud wrtha i wedyn ei fod o'n poeni ei fod o'n mynd i gael cost ar y car eto.

"Y blydi brêcs yn mynd yn feddal fel pwdin ar Allt Sgubor Ola. Fuo'n rhaid i mi godi'r bonat a ffidlan tra oedd nacw'n rhoi trefn ar Griff tu ôl i goeden!"

Dyna ddawn fawr Ger. Troi pob creisus yn gomedi.

"Blydi hel, Ger! Peryg bywyd 'chan! Gewch chi 'nghar i i fynd adra heno."

"No wê, boi. Yndyr control. Gwbod be dwi'n neud, 'sti. A' i â fo i mewn i Garej Ddwylan ben bora, yli. No probs."

Ac mi anghofiwyd am y brêcs yn rhialtwch y pnawn. Ciang ohonon ni. Gweiddi. Chwerthin. Lemonêd (Ger: 'Dwi'n dreifio.' Gofalus, chwarae teg iddo fo...)

A'r gêm ffwtbol wyllt, wirion honno. Bychan oedd Griff, 'te, a Gareth ni'n llabwst swnllyd deuddeg oed. Dwi'n gwybod fod Gar yn un gwirion weithia a bod yna fwlch mawr rhwng oed y ddau ond diawl, doeddwn i ddim yn disgwyl i Griff bach fod cweit mor ferchetaidd rhywsut. Doedd o'n bendant ddim yn tynnu ar ôl ei dad! Roedd Gareth yn trio'i orau i'w gael o i ddangos diddordeb, chwarae teg iddo fo. Ond doedd Griff ddim isio chwarae. Roedd o bron yn swil ac fel petai arno fo ofn y bêl. Dwi'n cofio meddwl ar y pryd bod Gwen yn ei ddifetha fo. Yr unig blentyn. Yn enwedig a hithau wedi cael yr holl drafferthion cyn hynny wrth drio beichiogi. Griff oedd y ddolen oedd yn cysylltu popeth erbyn hyn. Y darn bach coll yn y jig-so. Diflannodd Griff ymhen tipyn. Cilio i eistedd ar stepan drws y cefn i gosi bol y gath a Gar a fi'n cael gêm yn erbyn Geraint ar ei ben ei hun.

Mi ddaeth y gêm i ben pan ganodd ffôn Ger yn ei boced. Rhywbeth i'w wneud hefo gwaith. Angen picio draw'n sydyn, medda fo. Joban hanner awr. Cofio wyneb Gwen pan ddywedodd o na fyddai'n hir. Roedd hi'n gwenu arno ond mi oedd yna rywbeth yn ei llygaid hi. Dim ond am funud. Fyddai neb arall wedi sylwi o achos nad oedden nhw'n edrych arni mor fanwl ag oeddwn i. Neb yn rhyfeddu at y llygaid nad oedden nhw'n wyrdd nac yn las. Ond pefriodd rhywbeth drwy'r gwyrddlesni hwnnw na welodd neb arall mohono, heblaw fi. Ai ofn oedd o? Ansicrwydd? Tristwch efallai? Ynteu cyfuniad sydyn o'r tri? Daliodd fy llygaid ei rhai hi a daeth dau ddotyn pinc i ganol ei gruddiau.

"Cymer ofal," meddai hi'n dyner. Hefo Geraint oedd hi'n siarad. Ond arna i oedd hi'n dal i sbio o hyd.

Rita

"Feddylish i 'rioed y basan ni'n cael cyfle i wneud hyn eto!"

Roedd fy ngeiriau i fy hun yn swnio mor smala, fel rhywbeth o nofel Mills and Boon. Ond roeddwn i'n eu golygu nhw. Pob gair pathetig. Ac eto doeddwn i ddim yn teimlo'n bathetig pan oeddwn i hefo fo. A rŵan, wrth deimlo gwres ei gorff yn gyfarwydd, yn gysur, yn wefr, roedd hi'n hawdd gwthio Gwen i gefn fy meddwl, yn doedd? Nes dywedodd Geraint:

"Ddylen ni ddim bod yn gneud hyn chwaith, cofia!"

Pam dod yma i Goed Glanrafon i 'nghyfarfod i, ta? Pam sbio'n flin ar y car arall oedd wedi'i barcio nid nepell oddi wrthyn ni? Y gwir oedd ei fod o'n ysu i 'nghofleidio i heb i neb arall weld. Isio fi ond isio ei fywyd taclus hefyd hefo Gwen. Roedd o'n brifo, y rhoi hefo un llaw a'r amddifadu hefo'r llall. Yn brifo fel poen corfforol. Brifo am na chawn i fod hefo fo'n agored. Brifo fy mod i'n cael ei fenthyg o am gyfnodau prin a hynny'n unig pan fyddai'n ei siwtio fo. Gorfod mynd a'i adael o wedyn er mwyn iddo fo gael dychwelyd ati hi. Gwen annwyl, bur, rhy-dda-i-wneud-dim-o'i-le. Roedd arno ofn calon brifo honno. Ond fi? Doedd o ddim yn sylweddoli faint oedd o'n fy mrifo i, nag oedd? Ac yn sydyn, fel pe na bai gen i reolaeth dros fy nheimladau, rhwygais fy hun o'i afael. Na, chei di mo 'nhrin i fel hyn, y bastad! Roeddwn i'n dal i allu blasu'i gusan olaf o, yn ysu am gael mwy ohono, ac eto, roedd hi fel petai rhyw ysbryd dieflig wedi fy meddiannu.

"Pam ddoist ti yma, ta, Ger?"

"Ti'n gwbod pam..."

"Nac'dw. Ddim bellach."

"Wn i'm be ti'n feddwl?"

"Blydi hel, paid ag ymddwyn mor ddiniwed! Ti'n gwbod yn iawn be dwi'n feddwl! Un funud mi wyt ti wedi mopio amdana i, wedyn ti'n cwlio petha. Pam ti'n rwdlian hefo fi o gwbwl os oes gen ti gymaint o feddwl o Gwen?"

"Rita, gwranda. Dydi petha ddim mor syml â hynny!"

"Siŵr Dduw eu bod nhw! Isio'r gorau o'r ddau fyd wyt ti, yn union fel pob bastad dyn arall dwi wedi'i nabod erioed!"

Nid fi oedd yn siarad. Rhyw Rita arall, newydd, benderfynol oedd hon ac roedd arna i ofn y geiriau, y meddyliau, y beiddgarwch roedd hi'n mynnu ei stwffio i fy mhen i. Edrychodd Geraint bron yn hurt arna i. Symud yn ôl oddi wrtha i fel pe bawn i newydd roi peltan iddo.

"Ti'n gwbod faint o feddwl sgin i ohonot ti, Rita..."

Ond roedd o'n ansicr, ei lygaid yn gwrthod edrych i fyw fy llygaid i. Fedrwn i ddim credu sut wnaeth y sgwrs yma gychwyn yn y lle cynta. Fo oedd wedi dweud wrtha i am ei ffonio. Smalio mai rhywun o'r gwaith oedd yno. Rhoi esgus iddo ddianc am awran neu ddwy. A rŵan roedd o fel petai o'n difaru, yn swp o euogrwydd, a finna'n teimlo'n wirion, yn tsiêp. Bimbo benfelen-ewinedd-pinc oedd wedi tarfu ar rediad llyfn ei bnawn o. Ei fywyd o, efallai. Tegan oeddwn i. Difyrrwch. Roedd fy nhymer yn fy nhagu ac arhosais yn fud. Fo siaradodd. Mi fasa'n well pe na bai o wedi agor ei geg. Ond fel'na mae hi, 'te? Fel 'na mae pobol. Fel 'na ydan ni i gyd. Un gair yn y lle rong yn medru newid popeth.

"Mi oeddat ti'n dallt o'r dechra nad oedd na'm dyfodol yn hyn," medda fo. Geiriau creulon ond swniai Ger bron fel pe bai o'n ymddiheuro.

"Tŵ blydi reit!"

Roeddwn i'n wallgo ac yntau'n dawel. O edrych yn ôl, roeddwn inna'n afresymol hefyd, mae'n debyg. Wrth gwrs fy mod i'n gwbod y sgôr. Cyfarfod yn y dirgel oedd yr unig ddyfodol posib i ni. Yr unig opsiwn. Roedden ni'n dau'n briod a phlant gynnon ni. Ger oedd yn iawn. Pam oeddwn i'n ymddwyn fel hyn, fel merch ysgol hormonaidd? Y cyfan a wn i oedd ein bod ni wedi cael coblyn o ffrae ac mi es i o'r car gan roi clep ar y drws ac i fy nghar fy hun. Dwi'n cofio crio. Cofio gweld cwpwl mewn oed a'u ci rhech yn dychwelyd i'w car eu hunain gerllaw ac yn cogio peidio sylwi arna i. Cofio disgwyl i Ger ddod ar fy ôl i. Fy nghysuro i. Ymddiheuro. Cofio'r sioc a'r siom pan na wnaeth o. Clywed injan ei gar o'n refio a theiars yn cnoi'n wyllt drwy'r cerrig.

Wnes i ddim gadael maes parcio Coed Glanrafon yn syth, dim ond aros nes oedd storm yr holl ddagrau wedi gostegu. Dilynais lôn droellog Brynlleian am nad oeddwn i isio wynebu traffig y lôn bost. Y ffordd hiraf adra. Byddai Ger a fi'n cyfarfod ar hyd y lôn honno weithia. Dyna pam es i'r ffordd honno, mae'n rhaid. Chwilio am atgofion. Roedd peth myrdd ohonyn nhw yno. Rhaid fod Ger wedi meddwl hynny hefyd. Er gwaetha'r ffrae. Dewis dreifio drwy ddarnau o ddoe – yr olygfa uwch ben Porth Bedrog, Ynys Leian a'i chefn yn crymu'n ddu uwch gwyrddni'r môr. Y llefydd y buon ni'n eu rhannu.

Dim ond fod Ger wedi methu'r tro ar yr allt serth i lawr heibio fferm Brynlleian. Roedd yna gar arall wedi stopio wrth ei ymyl.

"Welish i'r cwbwl yn digwydd," meddai'r wraig. Roedd atal dweud arni oherwydd y sioc. Llyncai bob llythyren fel pe bai hi'n bilsen yn bygwth mynd yn sownd yn ei gwddw. Ei gŵr oedd wedi ffonio'r ambiwlans. Ymhen eiliadau roedd yna bobol o'n cwmpas ni fel morgrug a phlismon yn holi beth oedd fy enw i. Finna'n dweud na welais i ddim byd. Fod y ddamwain eisoes wedi digwydd cyn i mi gyrraedd.

"Gymra i'ch henw chi beth bynnag," meddai'r heddwas. Roedd o'n ifanc. Ei wyneb o'n wyn.

"Rita," medda fi. Ac isio gofyn: Ydi o'n iawn? Ydi o'n fyw? Isio sgrechian: fo ydi'r dyn dwi'n ei garu ac mi oedd o'n gyrru fel ffŵl am ei fod o wedi gwylltio hefo fi...

"Cyfenw?"

"Be?" Cyw plismon. Gwbod dim. Dos adra at dy fam i gael ditan.

"Mrs…? "

"Salisbury." Fy nghyfenw i fy hun – cyfenw fy ngŵr – yn oer fel realaeth. "Rita Salisbury."

Llofrudd. Achos dyna oeddwn i. Bellach. Tynnodd y paramedic gyfar gwyn dros wyneb y corff ar yr elor. Corff mewn jîns meddal a chrys du.

Ac roedd hi fel pe bai llen wedi'i thynnu dros fy nghalon innau.

Beca

Roeddwn i wedi gorfod mynd i'r ysgol yn gynt y bore hwnnw. Mam yn daer i mi frysio. Finna methu'n glir â dallt pam. Doedden ni ddim yn hwyr.

"Miss Jones isio i ti helpu hefo rhywbeth, pwt," meddai Mam. Ei llygaid hi'n bradychu'r ffaith ei bod hi'n gwybod mwy na hynny a'i hwyneb hi'n ceisio fy nghysuro nad oeddwn i wedi gwneud dim byd o'i le.

Mae stafell ddosbarth heb blant eraill ynddi yn lle od. Mi ydach chi'n dal i allu clywed sŵn chwarae ddoe er bod pob man yn lân a thaclus. Yn rhy daclus. Mwy taclus na diwedd dydd ar ôl i bawb orffen clirio ac eistedd i gael stori. Oerach heb ogla'r chwerthin.

"Mi wyt ti a Griff yn ffrindiau go sbesial, yn dydach?" meddai Miss Jones. Roedd golwg ifanc arni'r bore hwnnw fel chwaer Elis Huws a symudodd i fyny i'r ysgol fawr llynedd ac erbyn rŵan roedd hi'n gwisgo lipstic a phob dim.

"Ydi o'n sâl?" gofynnais. Pry bach yn hymian yn erbyn y ffenest a finna'n meddwl am fynd i weld Griff i'r sbyty a hwnnw mewn gwely gwyn uchel a'r llawr yn sgleinio. Mi faswn i'n mynd â grêps gwyrdd iddo fo. A chomics…

"Nac'di, Beca. Dydi o'm yn sâl. Ei dad o sydd wedi marw."

Pan ydach chi'n saith oed ac mae hi'n haf tu allan i'r ffenest a chitha'n gwisgo'ch hoff ffrog hefo'r sbotiau mawr coch arni sydd yr un lliw'n union â'r rhubanau yn eich gwallt chi, dydach chi ddim yn gwybod sut i deimlo pan fo rhywun sydd wedi rhoi arian i chi unwaith i brynu petha-da wedi marw.

Unwaith erioed y gwelais i Geraint, tad Griff. Dyn del a golwg ar frys arno, yn cyrraedd adra, deud helô a mynd wedyn. Mam Griff wedi gwneud te bach i ni a ninnau ar lawr yn y stafell ffrynt yn gwneud ein te bach ein hunain hefo llestri te plastig a bwyd cogio. Dyna'n hoff gêm ni'n dau bryd hynny – chwarae 'bwyd cogio'. Tad Griff yn rhoi arian poced i ni'n dau i 'brynu petha melys go iawn!' Yn gweiddi'i fod o'n gorfod picio yn ei ôl i'r gwaith ac na fyddai'n hir. Mam Griff yn sefyll am hydoedd uwch ben y sinc am fod ganddi rywbeth yn ei llygad. A Griff fel pe na bai o wedi sylwi fod ei dad wedi bod yno o gwbwl.

A rŵan fyddai o byth yn dod yn ôl.

Dyna wnaeth i mi ddechrau crio. Nid y syniad o rywun yn marw ond y syniad o rywun yn peidio â dod yn ei ôl byth eto.

"Wedi ypsetio mae hi," meddai Mam, yn sychu fy wyneb hefo hances bapur ag ogla sent arni.

"Fyddi di'n gallu edrych ar ôl Griff heddiw, Beca?" gofynnodd Miss Jones.

Nodiais fy mhen. Fyddai dim angen edrych ar ôl Griff. Doeddwn i ddim yn meddwl y byddai o'n crio rhyw lawer heddiw chwaith.

Sychais fy nhrwyn hefo cefn fy llaw heb i Mam weld a mynd i estyn y bocs Lego'n barod erbyn y byddai Griff yn cyrraedd.

Alys

Blwyddyn Wyth cyn cinio heddiw. Dydyn nhw ddim yn ddosbarth drwg ond mae llawer ohonyn nhw hefo anghenion addysgol arbennig. Mae fy nosbarthiadau eraill i gyd yn dda iawn, chwarae teg i Griff am edrych ar fy ôl i. Mae hynny'n dal i dynnu blewyn o drwyn Rhian Preis ond dyna fo. Does gen i mo'r help fod gan Griff 'sofft sbot' ar fy nghyfer i, nag oes? Beth bynnag, mi fydd yn brofiad da i mi, yn ôl Griff. Mae o'n iawn wrth gwrs. Ac mae'r plant yma'n gwneud pethau doniol o hyd. Pethau styrblyd weithiau, sydd wrth gwrs yn rhoi digon o gyfle i mi drafod pethau hefo fy Mhennaeth Adran. Angenrheidiol, tydi?

"Ew, mi ges i fyd hefo Paul Riley bore 'ma!"

"O?" Griff yn rhoi un siwgwr yn ei de. Y diferyn lleiaf o lefrith. Dydi o'n amlwg ddim yn gwybod pa mor gorjys mae o'n edrych hefo'i wallt o'n cyrlio'n ysgafn jyst ar ei goler o.

"Mae o'n gneud petha od."

"Fel be?"

"Cau'n glir ag ista'n llonydd. Codi a mynd i sefyll at y ffenest o hyd. A wedyn mi ddaliais i o'n sgwennu nodyn."

"Lyf letyr i Siân Owen ma siŵr!" Griff yn gwenu a'i lygaid yn toddi. Dwinna'n toddi! "Y ddau'n dal yn ‘eitem’, ydyn?”

“Pwy…? ”

“Paul a Siân.” Mae’i lais o’n chwerthinog a dwi’n gwneud llygada arno fo nes ’mod i’n wan. Does yna ddim i’w weld yn tycio. Mae o bron yn boring o broffesiynol.

“Ym – ydyn, am wn i. Ond nid dyna be oedd o. Y llythyr. ‘Be ydi hwnna, Paul?’ medda fi a wyddost ti be ddudodd o?”

Mae sylw Griff gen i o’r diwedd. Mae o’n edrych arna i.

“Be?”

“Sŵisaid nôt ydi o, Miss!’ Dyna ddudodd o, Griff. Deud i fod o am ei ladd ei hun! A wedyn mi gododd at y ffenest unwaith eto. ‘Be ti’n neud yn fanna, crinc?’ medda Siân Owen wrtho fo dros y dosbarth. ‘Sbio faint o ddrop sy ’na taswn i’n neidio o fama,’ medda Paul. A fel tasa hynny ddim yn ddigon, dyma Berwyn yn rhoi’i big i mewn a deud wrtho fo am ddringo i ben to a gneud y job yn iawn!”

“Be ddudodd Paul?”

“Deud: ‘Iesu, na, ma fanno’n rhy beryg!’”

Pan fo Griff yn chwerthin, mae ochrau’i lygaid o’n crychu i gyd.

“Faswn i ddim yn poeni gormod am y criw yna, Alys. Rwdlian oedd Paul.”

“Ia, wn i. Ond mae yna rwbath arall…”

“O?”

“Rhydian Lewis, Blwyddyn Naw. Mae’r criw yna hefo fi pnawn ma. ’Dan ni’n gneud yr ymson honno am blant amser y rhyfel – colli'u rhieni. Mi gollodd Rhyds ei dad llynedd..."

"Ac mi wyt tithau ofn ei ypsetio fo?"

Dwi'n nodio. Yn disgwyl i Griff gymryd drosodd a gwneud pethau'n iawn fel bydd o'n ei wneud bob tro. I edrych ar fy ôl i.

A dwi ddim yn dallt. Ddim yn dallt pan fo Griff yn codi'n ddiseremoni ac yn sodro'i gwpan de yn y sinc wrth basio.

"Rhaid i ti galedu, Alys," meddai'n swta. "Rhaid i Rhydian galedu. Fedri di ddim cysgodi plentyn am weddill ei oes."

Dwi'n gwylltio. Isio taro'n ôl. A dwi'n gwbod nad am Rhydian ond amdana i fy hun dwi'n siarad wrth i mi ddweud yn biwis ac yntau'n mynd drwy'r drws:

"Ansensitif dwi'n galw peth fel'na, Griff!"

Mae o'n troi ata i, un droed yn y drws.

"Bywyd dwi'n ei alw fo, Alys."

Mae'i wyneb o'n ddifynegiant, ei lais o'n oer. Griff glên, ddibynadwy. Ddel.

Dwi'n sylweddoli'n sydyn nad ydw i 'n adnabod dim arno fo.

Rhian Preis

Mae yna rywbeth yn cnoi Alys ers dyddiau. Ac mi faswn i'n taeru fod yna fymryn o densiwn rhyngddi hi a Griff. Wedi sylweddoli mae'r jadan fach nad oes ganddo fo owns o ddiddordeb ynddi, mae'n debyg. Hen bryd hefyd. Roedd hi'n embarasing i'w gwylio hi'n ffalsio ac yn fflyrtio pob tro y câi hi hanner cyfle. Efallai y daw hi at ei choed rŵan ac nid cyn pryd. Ac mi fydd yma aelod newydd yn yr adran y tymor nesaf i fynd â'i bryd hi. Wel, aelod dros dro. Athro Dan Hyfforddiant ydi'r teitl crand maen nhw'n ei gael erbyn hyn. Stiwdants oedden ni'n eu galw nhw ers talwm. Dwi ar fin dechrau holi pwy ydi'r stiwdant newydd ond mae Alys yn taro'i phig i mewn. Mae hi'n amlwg mai ceisio gwella'r berthynas rhyngddi hi a Griff mae hi trwy ofyn:

"Wyt ti'n mynd i'r parti nos Wener, Griff?"

Parti gan fod Mrs Salisbury yn ymadael ydi o. Doedd hi ddim yn mynd i ofyn i mi chwaith, nag oedd? Wyt ti'n mynd i'r parti, Griff? Yn y llais siwgwr-candi-cogio 'na.

"Am ychydig, efalla."

Mae Mrs Salisbury wedi bod yn brifathrawes dda. Yn boblogaidd. Pawb â gair da iddi, yn athrawon, rhieni a disgyblion. Mae hynny'n beth prin. Pobol i redeg arnyn nhw ydi'r bobol yn y top fel arfer, 'te?

Ni a nhw. Mi ddylwn i wybod. Wedi gweithio o dan ddigon o wahanol brifathrawon yn ystod fy ngyrfa i wybod nad oes yna fawr i'w ddewis rhyngddyn nhw. Adar o'r unlliw. Hunanbwysig. Licio clywed eu sŵn eu hunain ac yn gwneud lot ohono fo'n aml. Llestri gweigion. Ond nid felly Rita Salisbury. Clust i wrando bob amser. Roedd hi'n ddisgyblwraig lem ond roedd hi'n deg ac yn ystod y blynyddoedd mi lwyddodd i ennill parch ysgol gyfan.

"Mi fydd colled ar ôl Mrs Salisbury," medda fi. Meddwl yn uchel oeddwn i a gwelodd Alys ei chyfle i anghytuno'n syth.

"Amser i ni gael gwaed newydd, os dach chi'n gofyn i mi," meddai. "Dipyn yn hen ffasiwn ydi rhai o'i syniadau hi erbyn hyn."

Croesodd ei choesau'n gelfydd o araf a fflachio penglin lefn i gyfeiriad Griff. Chafodd hi fawr o argraff arno, mae'n rhaid, oherwydd y cyfan ddywedodd o oedd:

"Dyna ydi drwg cymdeithas heddiw. Colli gormod o'r hen werthoedd." Edrychodd o ddim ar Alys, dim ond taflu gwên fach drist i 'nghyfeiriad i.

Ac am eiliad od, anghyffredin a neb yn dweud dim, teimlais fy mod i a Griff, am unwaith, yn dallt ein gilydd.

Rita

Dydi hi ddim wedi bod yn hawdd. Gwaith llawn amser a magu teulu. Roeddwn i'n dysgu Hanes yn yr ysgol uwchradd leol a'r plant erbyn hynny'n gallu gwneud tipyn go lew drostyn nhw'u hunain. Roedd yn rhaid i mi gael trefn oherwydd byddai Emrys yn mynd yn gynnar am y swyddfa bob bore ac yn fy ngadael i i wneud y cyfan dros y plant. Roedd Elin fel mam fach i Huw, oedd yn saith oed. Hi fyddai'n ei helpu i wisgo'n dwt yn y boreau ac yn stwffio corn fflêcs i'w geg tra oeddwn innau'n rhuthro o gwmpas yn twtio stafelloedd ac yn rhoi golch i mewn yn y peiriant erbyn gyda'r nos. Er ei bod hi'n anodd, roedden ni'n dod i ben ac roedd fy nghyflog i'n handi iawn er na wnâi Emrys gyfaddef hynny'n llawn chwaith.

Roedd gen i fwy na digon i lenwi fy nyddiau ac mewn ffordd arall roeddwn i'n falch o'r prysurdeb lloerig. Roedd o'n fy nghadw fi'n gall. Yn ffordd o ddygymod â'r hyn oedd wedi digwydd i Geraint.

Elin fach yn un ar ddeg. Mynd i fyny i'r ysgol uwchradd y mis Medi canlynol. Huw bach yn saith byrbwyll, mawr o'i oed. Y teulu'n gyflawn. Felly roedd darganfod fy mod i'n disgwyl babi am y trydydd tro'n sgytwad i ni i gyd. Codi yn y nos. Newid clytiau. Paratoi poteli. Finna'n nacyrd. Yn flin. Ddim yn cofio fy enw fy hun. Ac yna roeddwn i'n edrych ar Dafydd, ac yn deall.

"Paid â meddwl dy fod ti'n cael rhoi'r gorau i dy job rŵan fod hyn wedi digwydd," meddai Emrys. "Ninnau wedi codi mwy o forgej a phopeth. Cyfnod mamolaeth ac rwyt ti'n ôl. Dallt?" Caled. Di-ildio. Ei lygaid o'n dweud mai fy mai i oedd y cyfan.

Dwi'n meddwl mai dyna sut y caledais innau o'r diwedd. Magu penderfyniad. Crio llond fy mol bob bore ar fy ffordd i'r gwaith a fy mronnau i'n brifo, yn drwm o laeth. Gorfod gadael Dafydd yng ngofal rhywun diarth, a thyngu llw i mi fy hun y byddai'n cael popeth y gallai arian ei brynu iddo i wneud iawn am y cam.

Bu'n aberth. Chafodd y plant mo'r sylw yr hoffwn i fod wedi ei roi iddyn nhw. Yr eironi creulon oedd mai plant pobol eraill oedd yn cael hwnnw. Ond gweithiais fy ffordd i'r top. Mynd ar y cyrsiau cywir. Gwneud ffrindiau hefo'r bobol iawn. Cefais lwyddiant. A dod i wybod sut brofiad oedd cynnig swyddi i bobol yn hytrach na bod ar drugaredd dieithriaid mewn siwtiau. Fi oedd y bòs ac roedd o'n deimlad pwerus.

A phan fyddai pethau'n galed a'r oriau'n hir, meddyliwn am fy mhlant fy hun yn cael y gorau o bopeth – dillad da, addysg, cartref moethus. Eu ceir eu hunain. Meddyliais am Elin yn y Swistir, yn briod, joban dda; Huw'n gynghorydd ariannol hefo Morris Associates yn y dre, a Dafydd newydd raddio ac yn bwriadu cychwyn ar gwrs Ymarfer Dysgu. Athro o bopeth! Ond o leia mae hynny hefyd yn haws i ddyn.

Dwi wedi bod yn lwcus. Yn benderfynol. Wn i ddim a ydw i wedi bod yn hapus chwaith. Ond dyna fo. Fedrwch chi ddim cael popeth. A'r pethau na fedrwch chi mo'u prynu ydi'r pethau anoddaf i'w cael yn aml, mae'n debyg.

Un o'r swyddi mwyaf cofiadwy i ddod ger fy mron fel prifathrawes yr ysgol hon oedd swydd Pennaeth Adran y Gymraeg. Bu Jac Owen yn Bennaeth am flynyddoedd, cyn i mi ddod yma'n athrawes Hanes ar y staff. Roedd o'n sefydliad ynddo'i hun. Y dramodydd Jac Owen, un o enwogion ein llên, ac wedi ysbrydoli sawl bardd ac awdur sydd a'u henwau'n serennu oddi ar gloriau cyfrolau a llwyfannau eisteddfodau erbyn heddiw. Pan drawyd Jac yn wael, roedd hi fel pe bai cysgod, neu gwmwl hyd yn oed, dros yr ysgol i gyd. Roedd o'n rhan o'r lle, yn rhan mor annatod â'r waliau melyn a'r neuadd fawr a'r drysau gwydrog trymion. Hoff ateb Jac i athro a gyhoeddai fod plentyn newydd ddweud wrtho'i fod o wedi dysgu un o'i rieni o'i flaen oedd: "Aros di, 'machgen i, nes dudith un ohonyn nhw dy fod ti wedi dysgu'i nain o!"

Doedd yna ddim lle yn y capel i bawb ddaeth i gnebrwn Jac Owen. Diolchwyd ei bod hi'n dywydd sych er mwyn y dorf a safai tu allan. Roedd y ffaith fy mod i, yn rhinwedd fy swydd bellach fel prifathrawes, wedi sefyll o flaen y dorf honno i roi teyrnged i'r gŵr anwylaf, caredicaf a'r mwyaf diwylliedig i mi ddod ar ei draws erioed yn gwneud y dasg o gynnig ei job i rywun arall bron yn amhosib.

Ond cyfweld fu rhaid. Daeth tri i'r rhestr fer ac

er i mi ddarllen manylion pawb a chloriannu'r holl ymgeiswyr, dim ond pan ddaeth o i mewn i'r swyddfa ac estyn ei law i mi y sylweddolais pwy oedd Griff Morgan.

Roedd hi fel pe bai rhywun wedi rhoi dwrn yn fy stumog. Dwi'n cofio'r stafell yn dechrau troi, a bu'n rhaid i mi ofyn i un o'r llywodraethwyr ar y panel a fyddai o, plîs, gan ei bod mor boeth, yn agor cil y ffenest. Dwi'n cofio cymryd llymaid o ddŵr ac anghofio sut i lyncu. Fyddwn i ddim wedi cael mwy o fraw pe bai Geraint Morgan ei hun wedi atgyfodi a cherdded i mewn i'r cyfweliad. Roedd Griff yr un ffunud â'i dad. Yr un llygaid. Y gwallt tywyll, tonnog. Trwyn rhyw fymryn yn fain. Y cudyn gwallt anystywallt yn disgyn dros ei dalcen. Ac yn yr eiliad honno cadarnhawyd fy amheuon i gyd ac roedd fy mhen i'n ferw gwyllt. Fedrwn i byth, bythoedd roi swydd yn fy ysgol i fab Geraint. Ddim rŵan.

Ddim a finna wedi sylweddoli â braw lond fy nghalon fod Griff Morgan yn boenus o debyg i Dafydd, fy mab ieuengaf.

Ac mai meibion Geraint Morgan, y dyn a gerais yr holl flynyddoedd cyn hynny, oedd y ddau ohonyn nhw.

Rhian Preis

Dwi'n cofio'r adeg y penodwyd Griff Morgan yn Bennaeth Adran fel pe bai wedi digwydd ddoe ddiwethaf. Roedd y panel penodi wedi cymryd oriau. Anfonwyd yr ymgeiswyr i gyd adref am nad oedden nhw'n gallu penderfynu. Pawb yn y staffrwm yn dweud fod Jac Owen yn 'tyff act tw ffolo'. A neb felly'n synnu rhyw lawer fod Rita Salisbury yn cael cymaint o drafferth cael hyd i olynydd iddo.

Byddai pawb ohonon ni wedi teimlo'r un fath mae'n debyg.

Rita

Roedd pawb yn meddwl fy mod i'n gwrthod penodi oherwydd Jac. Roedd cadeirydd y llywodraethwyr yn dechrau colli amynedd.

"Does yna ddim rheswm yn y byd pam na ddylen ni benodi Griff Morgan i'r swydd."

Roedd hi'n mynd yn hwyr. Pobol isio mynd adra. Wel, pawb normal. Pawb oedd â rhywun yno i ddisgwyl amdanyn nhw. Doedd Emrys a finna ddim wedi disgwyl am ein gilydd ers blynyddoedd maith. Gwyddwn fod pobol yn siarad. Rita Salisbury'n briod â'i job. Roedd o'n wir i raddau helaeth, yn enwedig hefo'r plant yn prifio ac yn cael hyd i'w traed yn y byd. Ond y noson honno, mi wyddwn fod gweddill y panel penodi'n ysu am i mi wneud penderfyniad a fyddai'n eu rhyddhau nhw i gyd.

Y gwir plaen oedd fod Griff Morgan ben ac ysgwydd uwchlaw'r ddau arall. Doedd yna ddim problem. Yn fy mhen i'r oedd honno. Neu'n hytrach, yn fy nghalon i. Gweld fy nhorcalon a fy hen hiraeth oeddwn i pan edrychwn i ar Griff. Roedd o'n union fel edrych ar Geraint unwaith eto. Y llygaid. Y trwyn. Yr ystumiau. Er fy mod i'n gwybod yn ddwfn yn fy nghalon mai plentyn Geraint oedd Dafydd fy mab hefyd, doedd y tebygrwydd yn fanno ddim mor drawiadol. Wrth lwc, roedd Daf wedi etifeddu fy ngwallt coch i, fel Elin a Huw, ac roedd ganddo drwy ryw ffliwc, lygaid glas fel Emrys. Dim ond y fi oedd yn gweld petha eraill – yr un trwyn main, y bysedd hirion, y ffordd y byddai o'n edrych arna i. Y wên. Y pethau bychain na fyddai neb ond mam yn sylwi arnyn nhw. Ac roedden nhw yn Griff hefyd.

Roedd yn rhaid i mi ildio yn y diwedd neu mi fyddai pobol wedi amau rhywbeth. Doedd dim angen ail-hysbysebu. Roedd gynnon ni olynydd teilwng i Jac yn Griff Morgan. Cyfrais i ddeg, anadlu'n ddwfn a chodi'r ffôn i'w hysbysu o'i lwyddiant.

Wedi'r cyfan, roeddwn i wedi llwyddo o'r blaen i reoli fy nheimladau. Ffrwyno'r galon. Cario ymlaen.

Byddai'n rhaid i mi ddysgu gwneud hynny eto.

Alys

Hen snoban flin ydi Rita Salisbury yn fy marn i. Wn i ddim pam fod gan bawb gymaint o feddwl ohoni. Yn gwario'r cyflog mawr 'na ar ei pherlau a'i siwtiau Jaeger. Ewinedd perffaith ac ogla sent drud pan mae hi'n cerdded heibio i chi. Ac yn dreifio Audi TT o bopeth. Car hogan ifanc a honno'n hen iâr wedi pasio'i 'sell-by date' ers blynyddoedd. Mae hi wastad wedi edrych i lawr arna i a 'nhrin i fel un o enethod y Chweched Dosbarth.

"Lle dach chi'n bwriadu mynd heddiw, Alys fach?" meddai hi un diwrnod a finna wedi clymu fy mlows yn ffasiynol dros dop bach. "I lan y môr?"

Clywais Aled Maths yn piffian tu ôl i mi ac yn dweud yn slei mai dyna oeddwn i'n ei gael am drio dangos fy motwm bol yn yr ysgol. Roedd Rita Salisbury ar chwe mis o secondiad pan ges i 'mhenodi i fy swydd. Dydi hi ddim yn gadael i mi anghofio hynny chwaith. Bob tro bydd hi'n edrych i 'nghyfeiriad i rydwi'n gallu ei weld o: y sglein yna yn ei llygaid hi sy'n dweud na fyddai hi byth wedi cynnig job i gywan fach fel fi.

Wn i ddim pam fod gan Griff feddwl mor uchel o Rita Salisbury. Yn ôl y sôn, hi oedd yr unig un a oedd yn gyndyn i roi swydd y Pennaeth Adran iddo fo bryd hynny. Faswn i ddim wedi maddau iddi ond yn rhyfedd iawn mae hi'n gefnogol i Griff erbyn hyn ac mae'r Adran Gymraeg yn uchel ei pharch yn yr ysgol. Od. Mae'n rhaid fod yr hen iâr wedi meddalu dros y blynyddoedd.

Doedd neb yn meddwl y byddai hi wedi ymddeol mor gynnar â hyn chwaith. Dynes fel hi, yn byw i'r blydi ysgol 'ma. Lot yn meddwl y byddai hi wedi aros blwyddyn arall o leiaf. Ond roeddwn i'n gwybod yn wahanol.

Roeddwn i'n gwybod mai mab Rita Salisbury oedd y myfyriwr oedd yn dod i'r adran y tymor canlynol. A fyddai dod i ysgol lle'r oedd ei fam yn brifathrawes ddim yn syniad rhy gall, na fyddai? Sut oeddwn i'n gwybod? Llion fy mrawd. Y ddau yn y coleg hefo'i gilydd. A Rhian Preis wedi bod yn tynnu arna i ers dyddiau ynglŷn â'r hync newydd fyddai'n dod i'n plith! Ond y tro hwn, roeddwn i'n gwybod tipyn bach mwy na hi, ac mi gefais y fraint anghyffredin o dynnu'r gwynt o'i hwyliau hi am unwaith!

'Rysgol

Coridor prysur. Plant yn gwthio. Plant yn gweiddi. Pyllau dan draed wrth ymyl y peiriannau dŵr. Mae Griff yn oedi dros ei baned am bum munud arall. Mae ganddo wers rydd nesaf. Dim brys. Aros i'r coridorau wagio. Mae pethau'n wyllt yn ei ben o. Pethau'n dadsefydlogi eto. Mi oedd o a Rita Salisbury wedi dod i ddallt ei gilydd. Ac roedd o wedi gallu bod yn onest hefo hi. Roedd hi wedi'i barchu o am hynny. Parchu'i gyfrinach o.

Er mwyn ei fam y gwnaeth o geisio am y swydd yma. Nid er ei fwyn ei hun. Roedd hi wedi gwneud cymaint drosto ar hyd y blynyddoedd. Ers i'w dad farw, doedd dim ond y nhw ill dau. Unig nod Griff mewn bywyd oedd gwneud ei fam yn falch ohono. A phan hysbysebwyd swydd Jac Owen, doedd yna'r un rheswm pam na ddylai drio amdani. Nag oedd? Roedd ganddo'r gallu. Roedd ganddo'r uchelgais. Ond roedd ganddo gyfrinach hefyd.

Un noson feddw. Deuai yn ôl o hyd i'w blagio. Yn agor o hyd fel clwyf heb geulo. Doedd o ddim yn ffansïo Arwyn Sgert. Ond roedd o wedi ffansïo'i gusanu o. Yn fwy nag roedd o wedi dyheu am gusanu'r un ferch erioed. Y gusan honno oedd yn gyfrifol am gadarnhau ei ofnau i gyd ynglŷn â'i rywioldeb. Roedd hi'n garreg filltir yn ei fywyd. Yn rhywbeth oedd yn haeddu bod yn gyfrin. Yn breifat. Yn gudd am y tro. Pe bai o wedi llwyddo i'w chadw'n gyfrinach, gallasai fod wedi dod i delerau â'r peth hefo llai o boen. Byddai popeth wedi bod yn iawn oni bai am Huw Fawr. Huw Salisbury.

Na, fyddai Griff byth wedi gallu dweud wrth ei fam nad oedd o am drio am swydd Pennaeth Adran yn ysgol Rita Salisbury oherwydd fod Huw, ei mab hynaf, yn gwybod ei fod o'n hoyw. Huw a oedd yn fastad. Yn aros am ei gyfle. Roedd o wedi cau'i geg drwy eu dyddiau coleg, ond dim ond am iddo wybod y byddai hynny'n fanteisiol iddo fo. Sawl traethawd y sgwennodd Griff i Huw Salisbury tra oedd hwnnw allan ar yr êl? Sawl aseiniad? Byddai Griff yn dal i oeri drwyddo wrth gofio. Huw'n ei flacmelio am dair blynedd. Huw'n cael ei radd fel pawb arall a Griff yn gwybod mai fo oedd wedi ennill ei hanner hi iddo fo.

Dyna pam y bu'n rhaid iddo gyfaddef y cyfan wrth Rita. Ymwroli. Ceisio symud ymlaen. Ac roedd o wedi llwyddo. Mae o wedi llwyddo. Tan rŵan. Rŵan mae Rita Salisbury'n gadael. Ymddeol. Bydd rhywun newydd yn ei lle. A fydd rhaid iddo gyffesu unwaith eto wrth hwnnw neu honno?

Pan glywodd Griff mai Dafydd, brawd bach Huw, oedd yn dod i'r ysgol ar Ymarfer Dysgu, crafangodd yr un hen law oer a gwasgu am ei berfedd eto. Mae hi yno o hyd. Yn gorwedd yn drwm yn ei stumog. Yn dwyn y lle i gyd.

Dyna pam y gwagiodd ei baned i lawr y sinc. Dim lle iddi. Dim lle heibio'r llaw.

Allan yn y coridor mae pethau wedi tawelu. Un bachgen yn unig a saif tu allan i un o'r stafelloedd Saesneg. Mae'i ddwylo yn ei bocedi. Pocedi trowsus tracwisg ddu. Lle Griff rŵan ydi gofyn pam nad ydi'r bachgen mewn trowsus ysgol.

"Be ti'n neud yn fama, Dyl?"

"Cael fy hel allan, Syr."

Dydi o ddim yn trafferthu gofyn pam. Mae ganddo syniad go lew. Mae Dyl Bach yn edrych arno ond yn methu dal ei lygaid. Ac mae'r ddau ohonyn nhw'n gwybod y dylai Griff ddweud rhywbeth am y trowsus.

"Roeddat ti'n hwyr yn cyrraedd bore 'ma. Wnest ti ddim cofrestru, naddo?"

"Naddo. Sori, Syr."

"Dim amser i gael brecwast chwaith, ma siŵr." Nid cwestiwn mohono.

"Naddo, Syr."

Mae Griff yn mynd i'w boced. Yn estyn dwybunt.

"Gofala dy fod ti'n cael cinio, ta."

Mae'r bachgen yn sythu. Daw cysgod rhywbeth tebyg i obaith i'w lygaid marw.

"Diolch, Syr."

Mae yna bethau pwysicach na throwsus.

Rita

Roedd hi'n ddiwedd y dydd pan ddaeth Griff i fy ngweld i. Hyd yn oed ar ôl yr holl amser, fedrwn i ddim edrych arno heb weld ei dad o, heb deimlo rhyw dro yn nhwll fy stumog. Cofiais y tro cyntaf erioed iddo ddod i fy ngweld i fel hyn yn fy swyddfa. Roedden ni newydd ei benodi i'r swydd. Cychwyn arni oedd o. Ei wythnos gyntaf. Edmygais ei ddewrder. Doedd hi ddim yn hawdd iddo eistedd yno o fy mlaen i a chyfaddef ei fod o'n hoyw.

"Dydi hynny'n gwneud dim gwahaniaeth," medda fi wrtho. Roedd o'n edrych yn fregus. Teimlais y byddwn i wedi hoffi rhoi cwtsh iddo fel baswn i wedi bod isio'i wneud i un o fy mhlant fy hun mewn sefyllfa o'r fath. Fedrwn i ddim peidio meddwl sut byddai'i dad o wedi ymateb.

"Does neb arall yn gwybod."

Cododd ei lygaid a'u hoelio ar fy wyneb. Ond roedd cwestiwn ynghudd ynddyn nhw. Roedd o'n disgwyl ateb gen i, ond wyddwn i ddim i beth.

"Be sy, Griff? Mae unrhyw beth ddywedwch chi wrtha i'n berffaith gyfrinachol. Rhaid i chi gredu hynny."

"Mi ydw i 'n eich credu chi, Mrs Salisbury." Ond roedd hi'n dal i fod yn anodd iddo. Tywalltais wydraid o ddŵr iddo. Roeddwn i'n ymwybodol o arogleuon swyddogol y stafell – ogla inc a phapur, ogla cynnes coed y ddesg a'r haul arni. Disgwyliais iddo siarad.

"Roeddwn i yn y coleg yr un pryd â Huw, eich mab."

Fy nhro i oedd yfed dŵr.

"Roedd Huw yn gwybod?"

Edrychai Griff yn anghysurus a wnaeth o ddim edrych arna i pan ddywedodd:

"Faswn i ddim yn licio gweld codi hen grachen."

Es i'n oer. Soniodd Huw erioed wrtha i am fodolaeth Griff. Roeddwn i'n adnabod Huw'n well na neb. Byddai rhywbeth fel hyn wedi bod yn fêl ar ei fysedd o. Mae hi'n anodd gweld y gwendidau yn eich plentyn eich hun. Ond gwendidau'i dad sydd gan Huw ac roedd hi'n haws gweld rheiny erioed. Yr hen elfen greulon honno o fod isio pigo ar rywun gwannach. Os oedd Huw wedi cadw cyfrinach Griff, mae'n rhaid ei fod yntau wedi elwa ar hynny mewn rhyw ffordd. Roedd gen i'r fath gywilydd ohono'r funud honno fel y gallwn flasu'r cyfog yn codi'n chwerw i fy llwnc.

"Ddaru o erioed mo'ch bygwth chi…? " Doeddwn i ddim isio iddo fy ateb i a fedrwn i ddim edrych arno pan ddywedodd:

"Ddaru o ddim gwneud petha'n hawdd."

"Mi fedrwn i gael gair…"

"Na!" Sylweddolodd ei fod wedi codi'i lais ac aeth yn ei flaen yn ddistawach: "Na. Isio anghofio dwi. Meddwl eich bod chitha'n gwbod amdana i…"

"Oherwydd Huw?"

"Ia." Cododd ei aeliau'n ymholgar fel byddai

Ger yn ei wneud ers talwm a rhoddodd fy nghalon naid. "Faswn i ddim wedi licio i chi feddwl fy mod i'n anonest."

Gwenodd wên ddyfrllyd wedyn. Eistedd yn ôl yn ei gadair a chaniatáu iddo'i hun ymlacio'r mymryn lleiaf.

Felly y gwnaeth o heddiw hefyd pan eisteddodd o fy mlaen yn yr un gadair. Bron na ddywedwn i mai'r un haul hefyd a chwaraeai'n nawddoglyd dros y papurau ar hyd y ddesg.

"Be ga' i neud i chi, Griff?"

"Dach chi wedi gneud mwy na digon dros y blynyddoedd." Y wên fach yna. "Wedi dod i ddiolch ydw i ."

"Am be, neno'r Tad?"

"Eich cefnogaeth chi." Cymrodd saib. "Eich cyfrinachedd chi."

Gwelais beth oedd yn ei boeni.

"Eich busnes chi ydi'ch bywyd preifat chi, Griff. Dydi o'n ddim oll i'w wneud â'ch gwaith chi. Ac rydach chi'n gwneud hwnnw'n ardderchog. Does dim angen i neb wybod am... wyddoch chi..."

"Y ffaith fy mod i'n hoyw?"

Teimlais fy hun yn cywilyddio am fy mod i wedi methu dweud y gair fy hun.

"Fasech chi ddim wedi deud wrtha i oni bai am Huw, na fasech?"

"Na faswn, debyg." Ac roedd ei lygaid o'n bradychu'r hyn roedden ni'n dau'n ei feddwl. Beth am Dafydd? Fyddai Huw wedi 'rhybuddio' hwnnw rhag Griff?

"Mae Dafydd yn wahanol iawn i Huw." Edrychodd arna i a fedrwn i ddim peidio gwrido. "Hynny ydi, pe bai o'n gwybod... ond cheith o byth wybod..."

Griff achubodd bethau trwy godi ar ei draed.

"Ylwch, wna i mo'ch cadw chi, Mrs Salisbury. Ond dwi jyst isio deud, wel... mi fydd chwith mawr ar eich hôl chi."

A phan afaelodd o amdana i'n sydyn – coflaid swil, annisgwyl – toddodd y blynyddoedd yn ddim. Roeddwn i'n ôl yng Nghoed Glanrafon a'r haul yn glawio drwy'r dail. Mae gen i gywilydd cyfaddef, hyd yn oed wrtha i fy hun, fy mod i wedi aros yn ei freichiau am rai eiliadau'n hwy nag oedd rhaid.

Dyl Bach

Dddudodd Catrin basa pob dim yn ocê. Mi oeddwn i am gael mynd ati hi i fyw. Am gael tŷ cownsil 'yn doedd? Tŷ cownsil o ddiawl! Mae'r babi wedi cyrraedd ac mae hi'n dal i fyw hefo teulu'r cariad a dwi'n dal yn styc yn y twll yma. Pres dwi isio. Ffordd allan o'r shit 'ma i gyd. Blydi tîtsiyrs yn mynd ymlaen ac ymlaen am wneud eich gorau bla bla blydi bla er mwyn cael job dda. Dyfodol. Dyfodol, *my arse*. Pa ddyfodol sydd 'na i rywun fel fi? Dwi wedi cael fy labelu'n thico, yn wêstar o'r cychwyn cynta. Methu darllen yn iawn, methu sgwennu'n iawn. Byth yn gweithio. Byth yn gwrando.

Iawn, ocê, dwi'n gwbod fy mod i'n rhoi amsar calad i athrawon. Ond be arall maen nhw'n ei ddisgwyl? Y? Bastads. Iawn arnyn nhw, tydi? Maen nhw'n cael eu talu am ddod i'r blydi ysgol. Ac yn mynd adra wedyn i'w tai crand hefo'u garejis a'u gerddi a'u soseri *Sky*. Mae eu byd nhw a 'myd i mor bell oddi wrth ei gilydd â phe tasan ni'n byw ar blanedau gwahanol.

Peth uffernol ydi gorfod dod i'r ysgol heb gael cyfla i 'molchi'n iawn. A chael dillad glân bob dydd? *Dream on!* Un ffordd o syrfeifio ydi cogio nad oes dim ots gen ti. Bod yn galad fel nad oes neb arall yn pigo arnat ti. Trio mynadd athrawon er mwyn iddyn nhw dy daflu di allan. Dydyn nhw ddim mo dy isio di yn eu gwersi wedyn felly ti'n cael sefyll tu allan a gneud bygyr-ôl am hanner awr. Dwyt ti byth yn rhoi dim iddyn nhw felly dydyn nhwtha byth yn disgwyl cael dim byd yn ôl gen ti. Ti'n peidio cyfri. Ti'n mynd yn anweledig. Yn neb. Felly ti'n syrfeifio.

Cogio nad wyt ti ddim yn bod.

'Rysgol

"Ma'r blydi Dylan Hughes 'na'n mynd ar 'y nhits i!"

Staffrwm amser cinio. Ogla bwyd. Bron fel ysbyty. Ogla amser bwyd yn treiddio i bopeth.

"Ga' i air hefo fo."

"O, wnei di? Ti'n siŵr? Mae o'n gwrando arnat ti..." Alys yn ffalsio eto. Fflyrtio eto. Chwilio am esgus i ddod ar ei ofyn unwaith eto.

"Dim problem."

Er bod Griff wedi cael llond bol bellach ar wneud job Alys drosti. Wedi cael llond bol ar ei swnian.

Llond bol ar y ffaith nad ydi hi – na'r un o'r lleill – yn gwybod ei fod o'n hoyw.

Llond bol ar gogio nad ydi yntau ddim yn bod.

Rita

"Oes yna bwynt i mi ddod? Fydda i'n nabod neb."

Pam nad oedd ymateb Emrys yn fy synnu i? Chododd o 'mo'i ben o'i bapur newydd. Sylwais eto ar ei gorun o'n ymddangos yn binc trwy ei wallt brith a ffieiddio ato. Fy mharti ymddeol i. A doedd ar fy ngŵr i fy hun ddim isio bod yno. Roeddwn i ar fin ymateb yn ddeifiol pan frathais fy nhafod. Oedd ots gen i, mewn gwirionedd, pe bai o yno neu beidio? Penderfynais y byddai'n llawer gwell gen i hebddo fo.

"Dyna fo ta. Dio'm bwys. Plesia dy hun."

Dwi'n credu ei fod o wedi disgwyl mwy o ffrae. Tyff. Doeddwn i ddim am grefu arno. Ddim bellach. Roedd y dyddiau pan oeddwn i ar drugaredd holl chwiwiau Emrys wedi hen basio. Gen i oedd y chwip rŵan. Yn ariannol beth bynnag. Does yna ddim byd fel arian i roi pŵer i ddynes. Gwraig gefnog a dyn heb ddim. *No contest.* Does dim amheuaeth gan bwy mae'r llaw uchaf.

Ac erbyn hyn roedd Emrys yn dlawd. Neu mi fyddai oni bai amdana i. Roedd y rhod wedi troi ers talwm a da y gwyddai Emrys hynny bellach. Fy swydd i oedd wedi'n cadw ni yn y tŷ 'ma. Wedi talu am ddîsl i'r 4 x 4. Ein cadw ni mewn gwyliau tramor a gwinoedd da. Sicrhau nad oedd ein safon byw yn newid pan gollodd Emrys ei waith.

Sicrhau am y tro cyntaf yn fy mywyd priodasol i nad oeddwn i ddim dan fawd dyn oer oedd wedi methu maddau.

Alys

Dwi ddim yn gwisgo bra. Wel, does dim angen i mi yn hon. Mae'r ffrog yn gwneud y cwbwl. Dwi ddim wedi edrych ymlaen cymaint at barti ers talwm. Oherwydd fy mod i'n gwybod y bydd Griff yna. Yr unig barti staff erioed pan fydd sicrwydd y bydd o yno. Creadur digon anghymdeithasol ydi o ond dwi'n credu mai swil ydi o yn y bôn. Swil hefo merched. Heb gyfarfod yr un iawn. A fi ydi honno. Garantîd. Os na fydd o wedi gwirioni pan welith o fi heno, yna mae rywbeth yn bod arno fo!

Emrys

Mae hi newydd ddiflannu o'r tŷ 'ma mewn cwmwl o sent. Y sent drud uffernol 'na mae hi'n ei brynu dim ond i fy sbeitio i. I brofi ei bod hi'n gallu fforddio'r gorau heb ddibynnu arna i. Rhwbio halen yn y briw go iawn.

Efallai fy mod i wedi bod yn fastad. Do, mi wnes i ei gorfodi hi i fynd i weithio er mai adra hefo'r plant roedd hi isio bod. Ond fedar teulu o bump ddim byw ar y gwynt, na fedran? Dim ond trio gwneud iddi sylweddoli wnes i nad ydi pres yn tyfu ar goed. Roedd gynnon ni blant i'w magu. Safonau i'w cynnal.

Mae hi'n dal i feddwl nad ydw i 'n gwybod dim am yr affêr gafodd hi. Ac mi wnes i'n siŵr, yn fy ffordd fach fy hun, ei bod hi'n dioddef. Wel, doeddwn i ddim yn mynd i wneud pethau'n hawdd iddi, nag oeddwn, a hithau'n meddwl ei bod hi'n cael hwyl am fy mhen i hefo hwnna. No wê.

Roedd hi wedi mopio'i phen amdano fo. Mewn cariad go iawn. Mi ges i hyd i'r llythyrau caru, yr anrhegion bach annwyl. Ac mi ges i fy mwrw'n llwyr. Doedd hi erioed wedi fy ngharu i fel ag roedd hi'n caru Geraint Morgan. Oni bai am y ddamwain car, does wybod beth fyddai wedi digwydd. Dwi'n credu y byddai hi wedi fy ngadael i yn y diwedd. Ond mi gafodd ei chosbi. O, do. Roedd hi'n torri'i chalon dros ŵr dynes arall a doedd wiw iddi ddangos hynny i neb. Yn crio yn y dirgel pan oedd hi'n meddwl nad oeddwn i yno i glywed. Llond handbag o dabledi at ei nerfau. Bu bron i mi deimlo bechod drosti. Ond yn lle hynny, mi fynnais ei bod hi'n cyflawni ei dyletswydd fel pob gwraig dda. Fy mhlesio i fel y plesiodd hi o. Gwnes yn siŵr fy mod i'n dileu pob arlliw ohono, dileu ei arogl, ei wres, ei angerdd â phwysau fy nghorff fy hun. A hynny i gyd heb gymryd arnaf fy mod i'n gwybod am ei thwyll. Cyfrinach am gyfrinach.

Doeddwn i ddim yn disgwyl iddi deimlo fawr ddim tuag ata i byth wedyn. Fyddai hynny ddim yn bosib. Ond mi ges wefr hyll o ddial. O ddal fy ngafael arni. Ac yna, bron dros nos, newidiodd pethau.

Roeddwn i a Gwil yn bartnars ers pymtheng mlynedd. Wedi codi'r busnes o ddim. Gwneud pres. Meddwl ein bod ni'n anninistriol. Dyna mae arian yn ei wneud i bobol. Rhoi awdurdod iddyn nhw. Hyder. Pawb isio bod yn ffrindiau hefo'r dynion ar y top, tydyn? Ac mi oedd Gwil a fi ar y top. Tra parodd pethau. Yr eironi oedd ein bod ni'n gneud pres tra oedd pobol eraill yn mynd yn dlotach. Ond wedyn roedd y bobol oedd yn dlotach na ni'n mynd yn fethdalwyr a doedd yr arian am y gwaith ddim yn dod i mewn. Na'r cytundebau newydd chwaith. Y cwmnïau newydd, deinamig hefo'r staff ieuengaf fyddai'n cipio'r rheiny o dan ein trwynau ni bellach. Roedden ni'n mynd i'r gwaith bob dydd heb waith i'w wneud.

Fi oedd yr un lwcus. Bu'r straen yn ormod i

Gwil. A'r trawiad calon a ddaeth i'w ganlyn. Mi fydd diwrnod ei gnebrwn mor fyw yn fy nghof i â phe bawn i'n ailfyw ddoe o hyd. Ddaeth Rita ddim. Cofio plât yr arch yn sgleinio fel pishyn punt. Arch felen, lliw wisgi mewn gwydr crisial. Lliw'r sgidiau Eidalaidd meddal roedd Gwil yn eu gwisgo bob amser. Cofio galw wedyn yn y swyddfa hefo Non, merch Gwil. Hi oedd ein hysgrifenyddes ni. Roedd hynny fel ymweld â hen greiriau – cyfrifiadur Gwil, ein desgiau ni'n tri'n anghyfforddus o dwt. A'r pethau eraill, twyllodrus o gysurus – ei gôt law'n dal ar fachyn ar gefn y drws, ei feiro, ei gwpan de.

"Dwi fel taswn i'n disgwyl iddo fo gerdded i mewn yma yn ei ôl unrhyw funud," meddai Non.

Wn i ddim sut digwyddodd yr eiliadau nesaf yn iawn. Roedden ni'n dau mewn galar. Dwi'n cofio'r ogla melys, cynnes yn ei gwallt hi pan afaelais i ynddi. Cwtsh. Cysur. Coflaid yn para rhyw fymryn yn hirach nag y dylsai. Y ddau ohonon ni'n cydio yn ein gilydd rhyw fymryn yn rhy dynn. Merch i ffrind fu farw. Roeddwn i'n ddigon hen i fod yn dad iddi fy hun. Fi oedd tad ei chariad hi. Non oedd hi. Merch Gwil. Cariad Huw, fy mab.

Aeth fy nghusan ar goll yn y persawr oedd yn codi o'i gwallt a chydiais ynddi fel dyn yn ymyl boddi.

Non

Dwi'n credu fy mod i wedi bod mewn cariad hefo Emrys ers pan dwi'n cofio. Em, medda fo. Galw fi'n Em. A be ydi'r 'chi' 'ma? Ti'n fy nabod i ers digon o amsar rŵan. Roedd hynny pan ddechreuais i fynd allan hefo Huw. Em isio dangos ei gymeradwyaeth. Be ydi'r 'chi' 'ma? Ac felly bu hi. Ti a thithau. Dechrau'r closio mewn ffordd na wnes i erioed mo'i ddychmygu.

Fu Rita erioed mor agos ata i. Rêl prifathrawes. Cadw'i phellter. Er na fu hi erioed yn brifathrawes arna i. Ond mae ganddi ryw ffordd braidd yn oeraidd, rhyw ffordd o'i dal ei hun yn syth fel pe bai arni hi ofn cael crychau yn ei dillad drud. Mae Huw yn debyg i'w fam. Rhywbeth reit drahaus ynddo. Meddwl ei hun. Ond dwi'n meddwl mai hynny ddaru fy nenu fi ato fo i ddechrau. Yr hyder 'ma oedd ganddo. Sydd ganddo. Roeddwn i'n licio cael fy ngweld o gwmpas hefo fo. Mae o'n olygus. Yn tynnu sylw. Byddai'n cael unrhyw ferch. A finnau'n teimlo'n falch mai fi oedd wedi'i gael o. Ac eto, mae yna rywbeth wedi bod yn fy nghnoi ers tro. Y sglein yn pylu. Ar yr wyneb mae'r pethau gorau.

Dwi'n dal i'w ffansïo fo ond dwi'm yn meddwl fy mod i'n ei licio fo rhyw lawer fel person ddim mwy. Ac mae gen i ofn dweud wrtho fo fy mod i'n meddwl y dylen ni orffen pethau. Ofn ei ymateb o. Mae o'n feddiannol. Fo pia fi. Ac i raddau, mae bod mewn perthynas hefo fo'n taflu llwch i lygaid pobol, tydi? Dydyn nhw ddim yn mynd i feddwl fy mod i'n cael affêr hefo'i dad o, nac'dyn?

Dyna ydi'n perthynas ni bellach. Em a fi. Affêr. Stori garu. Stori garu dyner iawn. Tasa pobol yn dod i wybod mi fasai'r cyfan yn mynd yn rhywbeth sordid. Dyna sy'n digwydd pan nad ydi pobol yn dallt. Maen nhw'n gwenwyno pethau â'u hanwybodaeth. Hwran faswn i a hen ddyn budr fasa Em. Fel'na mae pobol. Ond does dim yn bellach o'r gwir. Dwi'n chwarae hefo tân. A does gen i ddim isio meddwl beth fasa ymateb Huw. Nid tân fyddai yna wedyn ond ffrwydrad. Chwalfa. Teulu cyfan yn deilchion. Ond dydi hyd yn oed meddwl am gael peth felly ar fy nghydwybod ddim yn gwneud i mi gallio. Mae Em yn dweud o hyd:

"Twyll ydi hyn. Ddylen ni ddim." A dwi'n gwybod ei fod o'n teimlo'n euog. Yn fwy euog oherwydd bod Huw yn fab iddo ac nid oherwydd Rita ei wraig. Mae perthynas Em a Rita'n farw ers cantoedd. Mae hynny'n amlwg i unrhyw un wrth edrych arnyn nhw hefo'i gilydd. Roeddwn i wedi amau ers tro. Ac ers i mi ddechrau gweithio yn y swyddfa iddo fo a Dad cefais sawl awgrym nad oedd pethau fel y dylen nhw fod. Em fyddai'r un i aros ar ôl yn y gwaith yn aml. Doedd arno byth frys i fynd adra. Arferais glywed yr esgusodion roedd o'n eu bathu ar gyfer ei wraig. Daeth, 'Paid â deud wrth Rita,' yn arwyddair ganddo, yn hen jôc rhyngddo fo a Dad.

Mi fyddai Em wastad yn canmol fy ngwaith i. Yn rhoi mwy o sylw i mi na fyddai Dad. Dwi'n cofio fy mod i angen picio i'r dref un awr ginio ond roedd fy nghar bach i wedi dechrau nogio ac roeddwn i'n gyndyn o fentro mynd hefo fo heb fod a fo yn y garej yn gyntaf.

"Hwda, dos â 'nghar i." Em yn lluchio'i oriadau ar draws y ddesg. "A chymra ddwy awr. Tair os wyt ti isio. Dydi hi ddim yn brysur yma heddiw."

Y Merc oedd ganddo bryd hynny. Roedd y ffaith ei fod o'n fy nhrystio i â char mor ddrud yn gwneud i mi deimlo'n sbesial.

"Blydi hel, Em. Ti'n difetha'r hogan 'ma. Mae 'na ddigon o fysus!" Dad yn codi'i aeliau'n smala. "Gobeithio fod gen ti ddigon o insiwrans, wir Dduw! Non, os nad wyt ti'n gorffen teipio'r ddogfen 'na i Heneghan's pnawn 'ma mi fyddi di'n aros tan ar ôl pump!"

Em yn wincio arna i yn ei gefn o. Finna'n cerdded allan o'r swyddfa gan wneud yn siŵr fy mod i'n ysgwyd rhyw fymryn ar fy mhen ôl yn ddeniadol wrth basio desg Em oherwydd fy mod i'n gwybod fod ei lygaid arna i. Fflachio'r goriad remôt control ar y Merc o bellter a chlywed ei 'glic' bach ufudd. Teimlo fy mod i'n rhywun. Gwybod fod Em yn dechrau gwirioni amdana i'n ddistaw bach a chael gwefr gynnes yng ngwaelod fy mol. Llithro i'r sedd ledr a'i theimlo'n oer ac yn llyfn dan fy nghlun. Anadlu ei moethusrwydd. A dechrau cyfadda yn araf wrtha i fy hun wrth i'r injan ddechrau canu grwndi fel cath fawr fodlon fy mod innau hefyd yn dechrau syrthio mewn cariad hefo Em.

Beca

Doeddwn i ddim wedi bod adra'n gweld Mam ers sbel. Dwi'n gwybod y dylwn i wneud mwy o ymdrech i fynd yn amlach, yn enwedig ar ôl i Dad farw. Mae hi'n bum awr o siwrna a dwi wedi bod yn wyllt o brysur yn y gwaith ond dwi'n dal i deimlo'n euog pan fydd gormod o amser rhwng fy ymweliadau. Ac eto, ar un ystyr, mae hyn yn hen ddigon aml. Yn enwedig oherwydd fod yna reswm arall dros ddod adra. Cyfrinach sy'n fy mwyta'n waeth nag unrhyw euogrwydd ynglŷn â Mam...

Y diwrnod hwnnw roedd hi'n stido bwrw a'r traffig yn drwm. Roedd rhan ohono i'n difaru na wnes i godi tocyn trên er mwyn arbed yr holl hasl o ddreifio a gorfod canolbwyntio bob cam o'r ffordd. Ond mae yna rywbeth braf mewn bod yn annibynnol hefyd. Dwi'n licio chwarae miwsig yn uchel. Stopio pan dwi'n dymuno gwneud. Siarad ar y ffôn heb i neb arall glywed.

Pan oeddwn i o fewn milltir i dŷ Mam sylweddolais fy mod i'n mynd ati'n waglaw a phenderfynais stopio yn y garej i brynu blodau.

"Sut wyt ti, Beca?"

Noson lawog. Pawb yn brysio heibio'i gilydd a'u pennau i lawr rhag y tywydd. Bu bron i mi beidio'i nabod o.

"Griff!"

"Ti wedi mynd yn ddiarth," meddai. Nid cyhuddiad oedd o chwaith. Nid gan Griff. Roedd ei wyneb yn welw o dan y goleuadau cras. Fel erioed. Y wên yn ei lygaid o'n unig. "Faint sydd, dywed?"

"Cnebrwn Dad." Roedd euogrwydd yn glynu wrtha i fel y tamprwydd yn fy ngwallt. "Mi ddylwn i ddod adra'n amlach."

"Am faint wyt ti'n aros?"

"Dim ond bwrw'r Sul."

"Biti. Mi fasa wedi bod yn braf cyfarfod rhywbryd... am sgwrs..."

"Basa." Er ein bod ni'n dau'n gwybod na fyddai hynny byth wedi digwydd, hyd yn oed pe bawn i adra am bythefnos. Pobol eraill oedden ni rŵan. Ond roedd hi'n bwysig dal i gogio. Er mwyn ers talwm. Yr hyn a fu. Neu dyna feddyliais i bryd hynny. Ond peth meddal ydi meddwl. Wyddwn i ddim yr adeg honno y byddai mwy o angen Griff arna i nag oeddwn i'n sylweddoli.

Edrychais arno'n mynd i'w gar, tanio'r injan. Mynd. Cofio'r bocs Lego a'r haul ar y ffenestri mawr a theimlo rhyw hiraeth yn fy meddiannu. Ond hiraeth am beth? Doeddwn i ddim cweit yn siŵr. Pan es i'n ôl i eistedd tu ôl i lyw fy nghar fy hun, roedd godre fy nghôt i'n wlyb domen yn erbyn fy nghoesau wedi i mi fod yn sefyll yn y glaw.

Roedd y blodau yn fy llaw'n socian hefyd, ond yn wahanol iawn i mi, roedden nhw wedi codi eu pennau.

Iona

Pan landiodd Beca adra roedd hi'n wlyb fel sbangi.

"Be wnest ti, Beca fach? Cerdded o Lundain?"

"Galw i 'nôl rhain i chi."

Yn union fel Beca. Ei chalon hi yn y lle iawn. Dim ond ei bod hi'n chwit-chwat fel erioed. Yn llawn brys a braw. Anghofio hyn a cheisio gwneud iawn hefo'r llall...

"Ro'n i wedi prynu presant i chdi yn Llundain. Rwbath neis. O Harrods!" Gwenodd a goleuodd ei llygaid o dan y ffrinj gwlyb. "Ond mi gychwynnais i hebddo fo. Ac mi o'n i wedi mynd yn rhy bell i droi'n ôl pan sylweddolais i...! Hidia befo. Mi bostia i o!"

"Chdi dwi isio, nid presanta!" Roedd hi'n damp ac yn oer fel y blodau eu hunain pan gydiais i ynddi a'i chofleidio. "Panad?"

"Cuppa-soup," atebodd hithau. "Hug-in-a-mug!"

Mae'r tŷ 'ma'n deffro i gyd pan fydd Beca'n dod adra. Fel rhoi swits golau ymlaen.

"O, Becs. Mae hi'n braf dy gael di adra!"

"Braf bod adra," meddai hithau. A chwilio dan yr wyneb. Chwilio fy wyneb i. Mae hi wastad wedi bod yn graff. Gwelodd fwy nag oeddwn i wedi bwriadu ei ddatgelu iddi. Gwelodd gyfrinach yn dal ei gafael am ei heinioes fel gwlithen dan bot blodau. A tharo'r hoelen, fel arfer, ar ei phen.

"Lle mae'r chwaer fach 'na sgin i, ta? Ydi hi'n bihafio?"

"Wn i ddim sut i ddeud wrthat ti," medda finna. Fedrwn i ddim yn fy myw ag ynganu enw fy merch ieuengaf erbyn hyn heb wneud iddo swnio fel ochenaid. "Wn i ddim lle i ddechra deud wrthat ti am antics Non."

Beca

"Y tad a'r mab?" Fedrwn i ddim cadw'r dirmyg o fy llais. "Tasa hi'n mynd hefo brawd bach Huw hefyd mi fasa hi wedi cael y set!"

"Mae'r Huw 'na'n un gwyllt, Beca. Tasa fo'n dod i wybod..."

"Problem Non ydi hi, Mam. Mae hi wedi tynnu hyn i gyd arni hi'i hun."

Tywalltodd Mam jin mawr iddi hi ei hun. Roedd hyn yn rhywbeth newydd. Oedd yna fwy i mi fod yn poeni amdano fo ar wahân i helyntion carwriaethol Non? Non oedd wedi cael popeth erioed. Non fach wedi'i difetha'n racs. Fi'n gorfod gorffen cwrs coleg, chwilio am waith, gwneud fy ffordd fy hun yn y byd. A Non fach ni'n cael joban gan Dad am ei bod hi'n rhy ddiog i drafferthu gwneud dim byd arall. Am ei bod hi'n gwybod y byddai hwnnw'n ei swcro. Yn ei chodi ar ei thraed fel erioed. Babi dol benfelen mewn ffrils pinc fu Non iddo ar hyd ei hoes. Y cyw melyn olaf. Y sboilt brat. A rŵan, heb Dad, roedd Mam yn gorfod dioddef Non yn mynd drwy'i phetha. Non yn mynnu cael ei ffordd ei hun fel y cafodd hi gan Dad ar hyd y blynyddoedd. A Mam yn methu dygymod. Mynd o dan y don a finna ymhell i ffwrdd. Ddim yno i'w helpu i gario'r baich. Baich Non. Baich colli Dad... Cododd Mam ei phen yn araf a darllen fy meddyliau.

"Nac'dw, Becs. Dwi ddim wedi hitio'r botel!"

"Doeddwn i ddim yn…!"

"Rhyw un bach rŵan ac yn y man. Duw a ŵyr, dwi'n cael digon chydig o gysur fel arall!"

Roedd gen i ofn gofyn beth oedd hi'n ei feddwl. Ond doedd dim rhaid i mi. Torrodd llais Non drwy f'ansicrwydd i, ac oeri'r ystafell fel drafft pan luchiodd hi ei geiriau drwy'r drws agored.

"Mae hynny'n amlwg, tydi, Mam? Wel, i rai ohonon ni, beth bynnag!"

Trodd Mam i wynebu Non. Roedd llygaid y ddwy fel rhew ar rew. Ddywedodd hi ddim byd. Fedrai hi ddim. Fedrwn inna ddim chwaith. Roedd presenoldeb annisgwyl fy chwaer wedi fferru popeth. Non siaradodd wedyn. Hi oedd yn rheoli ac roedd hynny'n fy nychryn. Gwelodd Non hynny. A chwarae arno. Chwarae'i cherdyn buddugol.

"Mae'n siŵr fod Beca wedi cael yr hanes i gyd am ei hwran fach o chwaer." Roedd pob gair yn tincial fel lwmp o rew mewn gwydryn. "Wel, dyna wnest ti fy ngalw i, 'te, Mam? Hwran. Am fynd i'r gwely hefo tad fy nghariad."

Trodd Non ata i. Teimlais fy hun yn gwrido er bod fy ngruddiau'n oer. Hoeliodd ei llygaid ar fy rhai i, gan wneud yn siŵr fy mod i'n teimlo'r chwa o gasineb ddaeth i fy nghyfeiriad, cyn dweud yn fwriadol:

"Ac mae o'n well na'i fab o beth diawl hefyd. Tyner. Ystyriol. Profiadol." Ac er bod Non yn edrych arna i, sylweddolais yn araf mai ar gyfer Mam oedd gwaniad pob gair. "Ond chest ti byth wybod, naddo,

Mam annwyl, er i ti drio dy orau! Ti'n gweld, Beca, mae hi'n gweld bai arna i am fynd hefo Emrys Salisbury, ond dydi hi fawr o ddweud y gwir i gyd wrthat ti, nac'di?"

"Non, na – sut gwyddost ti? O, Dduw, na... paid... ddudodd o erioed wrthat ti!" Roedd llais Mam yn cael ei lyncu'n ôl i'w gwddw a daliai Non i chwarae hefo hi fel pysgodyn ar fach. Mewn amrantiad, dechreuodd y cyfan ddod yn gliriach na'r jin yn y gwydryn ar y bwrdd rhyngon ni. Doedd dim rhaid i Non ddweud mwy ond fedrwn i ddim atal llif oer ei geiriau hi bellach pan ddywedodd:

"Fel y bydd y fam y bydd y ferch. Wel, un ohonyn nhw, beth bynnag! Wyt ti am ddweud wrthi hi, 'ta, Mam, ynteu ydw i am orfod gwneud? Wyt ti am ddweud wrthi sut driaist tithau lusgo Emrys i dy wely cyn i arch Dad daro'r pridd?"

Emrys

Roedd ogla diod arni. "Iona, yli, gwranda... ti mewn sioc. 'Dan ni i gyd..."

Ond doedd hi ddim fel pe bai hi wedi fy nghlywed i'n iawn. Roedd blas ei lipstic hi'n ludiog ac yn felys yn fy ngheg lle'r oedd hi wedi trio gwthio'i thafod rhwng fy nannedd i. Doedd arni hi ddim isio clywed, nag oedd? Roeddwn i'n gallu arogli'i hangen hi, ei rhwystredigaeth yn gymysg â'r galar newydd oedd fel petai wedi miniogi'i synhwyrau hi i gyd. Teimlais ei hewinedd yn crafangu trwy 'nghrys i. Fy meingefn. Bochau fy nhin.

"Iona, paid! Dwyt ti ddim yn meddwl yn glir..."

Ond roedd gen i fy ofn fy hun hefyd wrth i'w chôt goban sidanaidd rwygo'n agored i ddangos ei bronnau gwyn, trymion. Mygais yr awydd i lenwi fy nwylo â'r cnawd meddal oedd yn cael ei gynnig mor rhad. Cydio yn y bronnau mawr 'na a'u tynnu ataf. Cywilyddiais wrth deimlo fy hun yn caledu a'i gwthio oddi arnaf. Nid y hi oedd arna i ei hisio, naci? Edrychais ar y llygaid dyfrlliw a'r ên fain, benderfynol a gweld wyneb Non yn ymrithio o fy mlaen.

"Gwisga amdanat, Iona, bendith Dduw iti!"

Yn fy nychryn y codais i fy llais. Yn fy ffieidd-dod. Ffieiddio at ddigywilydd-dra Iona. Ffieiddio ata i fy hun am ddechrau ymateb iddo ar fy ngwaethaf.

Bagiodd yn ôl yn sydyn fel pe bawn i wedi rhoi slap iddi, a baglu. Disgynnodd ar ei chefn ar y soffa. Roedd ei chorff canol oed yn wyn ac yn flêr ac yn gwrthgyferbynnu'n greulon â'r dillad isa' merch ifanc. Dechreuodd grio wedyn, rhwygiadau o nadau gorffwyll. Wnes i ddim meiddio camu'n nes ati i'w chysuro. Pe bawn i'n gofod delio â chywilydd Iona, a hynny'n unig, gallwn fod wedi dygymod, efallai. Fy nghywilydd i fy hun oedd yn fy nhrechu, yn fy ngorfodi i gadw fy mhellter. Ac efallai byddwn i wedi meddalu rhyw fymryn tuag ati pe bawn i'n gwbwl ddiogel fy meddwl mai crio ar ôl colli Gwil roedd hi.

Dilynodd ei higiadau swnllyd fi drwy'r drws a bownsio oddi ar y waliau ac allan i'r nos ar f'ôl.

Igiadau gwraig ganol oed ddesbret yn cnadu drosti hi ei hun.

Non

Pan gerddais i mewn a gweld Beca, dwi ddim yn gwybod be ddaeth drosta i. Beca'r ferch hynaf. Beca gwdi gwdi. Beca'r brêns. Mae hi'n gallu'i bygro hi'n ôl i Lundain bob tro mae pethau'n mynd yn gachu adra. Fel ar ôl claddu Dad. Pwy oedd yma'n gwrando ar sterics Mam ac yn côpio hefo'r shit i gyd? Fi, dyna pwy. Beca'n dod yma pan fo hynny'n gyfleus iddi hi a neb arall ac yn cael ei thrin fel brenhines. Caserol yn y popty a photel ddŵr poeth yn nhraed ei gwely hi i'w chroesawu adra. A finna'n styc adra ar hyd y bedlan ac yn cael llai o barch na neb. Yn colli Dad yn fwy na neb ac yn gorfod diodda Mam yn ei du drwy'r adeg. Rêl blydi drama cwîn. 'Non, fedra i ddim byw fel hyn! Non, fedra i ddim cario ymlaen!' Fel tasa fy mhen i fy hun ddim mewn digon o lanast fel oedd hi.

Doedd gen i mo'r gyts i orffen hefo Huw, ac roeddwn i'n caru Emrys â'm holl galon. Ond faswn i byth yn ei gael o i mi fy hun, na faswn? Fasa fo byth yn gadael Rita. Fedra fo ddim fforddio gwneud. Mi fasa hi'n ei dorri o'n ariannol. Roedd hynny o fewn ei gallu hi bellach. Hebddi hi, doedd ganddo fo ddim.

"O, Non, 'y nghariad i. Does gen i ddim i'w gynnig i ti. A dwi'n rhy hen i ti..."

Roedd yr ugain mlynedd yn poeni mwy arno fo

nag oedd o arna i. Lle'r oeddwn i'n gweld profiad a doethineb roedd o'n gweld henaint a chywilydd a phobol yn hel clecs amdanon ni. Pan oeddwn i yn ei freichiau roedd popeth yn iawn. Byddai dwyn yr amser hwnnw'n ddigon i mi. Gallwn fyw ar hynny dim ond i mi gael ei fenthyg o weithiau. Fyddai dim rhaid i Rita ddod i wybod. Na Huw. Na, doedd yr un o'r ddau ohonon ni isio meddwl am Huw. A Mam. Doedd dim rhaid i honno wybod chwaith. Ond cael gwybod ddaru hi. Cerdded i mewn i'r swyddfa wag honno a ninnau ym mreichiau'n gilydd. Disgwyliais danchwa yn y fan a'r lle. Woblar go iawn. Ond ddywedodd hi ddim byd, dim ond sefyll yn y drws fel pe bai hi wedi gweld ysbryd â'i cheg hi'n llinell goch yn ei hwyneb hi. Roedd hi fel pe bai'r pry oedd yn ffisian o gwmpas y ffenest hyd yn oed yn dal ei anadl. Wedyn mi adawodd hi. Troi ar ei sawdl a diflannu heb glepian y drws hyd yn oed.

Dyna pam bod angen i Em egluro. Beth fedrai Mam ei ddweud ar ôl yr hyn wnaeth hi? Gwneud mŵf ar ffrind gorau'i gŵr ddiwrnod cyn ei gnebrwn. A chyfeiriodd hi erioed at y peth wedyn chwaith. Yr un gair.

O achos fod isio adar glân i ganu.

A doedd Mam ddim yn dderyn glân.

Ddim mwy na'r un ohonon ni.

Beca

"Paid â meddwl dechra malu cachu hefo fi, Becs."

"Dwi ddim. Wir yr, Huw. Dwi'n deud y gwir..."

Ac mi oeddwn i. Dim ond yr un pecyn bach oedd gen i i'w roi iddo'r tro yma. Dyna'r cyfan oedd yn y locer. Byddai fy stumog i'n corddi bob tro'r awn i yno. Troi'r hen oriad bach atgas 'na yn y clo. Gwrando ar sŵn oeraidd y drws yn agor. Sŵn metal ar fetal fel agor tun. Sŵn drws carchar. Byddai rhan ohonof i'n hanner-gobeithio y byddai'r locer yn wag. Bod y cyswllt yma oedd gan Huw, pwy bynnag oedd o, wedi methu, neu wedi anghofio gadael y cwota arferol. Ond wedyn byddai'r rhan arall yn gweddïo fod y stwff yno'n ddiogel. Oherwydd pe na bai Huw'n cael ei barsel, y fi fyddai'n gorfod talu'r pris.

Agorodd Huw'r amlen o 'mlaen i. Disgynnodd y bagiau bach plastig allan yn un swp – y math o fagiau sgwâr hawdd i'w selio'n ôl fel y rhai a gewch chi'n dal y botymau sbâr ar ddilledyn newydd. Ac ym mhob bag roedd hanner dwsin o dabledi gwynion. Roedd bag plastig arall hefyd, tua'r un maint â bag dal pwys o flawd dim ond ei fod o'n fflat. Edrychai bron yn dlws, fel gobennydd dol. Gwnaeth Huw dwll bychan yn y bag â chyllell boced arian. Roedd honno'n ddychryn o dlws hefyd. Blasodd y powdwr oddi ar lafn y gyllell a dangos ei ddannedd yn fileinig. Roedd ei wên yntau'n dwt fel ôl y gyllell ar y bag.

"Roeddwn i wedi disgwyl pecyn dipyn bach mwy, rhaid i mi gyfaddef. Ond dyna fo. Gei di faddeuant y tro yma, Beca. Wedi'r cyfan, nid wrth faint mae mesur gwerth bob amser, naci?" Roedd ei chwerthiniad hir fel dilledyn yn rhwygo. Gwyddwn ei fod o'n chwarae hefo fi. Gwyddai'n iawn mai'r cyfan roeddwn i'n ei wneud, y cyfan allwn i ei wneud, oedd dod â beth bynnag oedd yn y locer iddo fo'n ddiogel. Dyna oedd fy rhan i yn y fargen. Neu'n hytrach dyna bris fy urddas. Roeddwn i'n mentro bob tro yr awn i i'r locer ar blatfform y stesion. Mentro fy rhyddid. Fy mywyd efallai. Roeddwn i'n eneth barchus mewn joban dda, yn gwerthu tai Llundain i bobol ariannog. Ac roeddwn i hefyd yn fudr ac yn tsiêp. Yn cario cyffuriau i Huw Salisbury.

Un gair ydi 'na'. Un weithred syml ydi'i ddweud o. Ond doedd dweud 'na' wrth Huw ddim.yn opsiwn. Gallai ddifetha fy mywyd i dim ond wrth bwyso botwm. Un weithred syml yn gyfnewid am y llall.

Ddywedodd neb erioed 'na' wrth Huw.

Huw

Pan soniodd Non fod ei chwaer fawr wedi cael swydd yn Llundain meddyliais ei bod hi'n Ddolig ac yn ben-blwydd arna i hefo'i gilydd. Mi faswn i'n cael sbario mynd yno i nôl y stwff fy hun wedyn. Perffaith. Lleihau'r risg hefyd o gael fy nal yn ei gario fo fy hun. Doedd Cunningham ddim yn gwneud drop yn aml – rhyw bedair neu bum gwaith y flwyddyn – ond roedd o'n ddigon i fy nghadw i'n ddiddig. Digon i mi gael seidlein bach del adra yn fama a neb yn amau dim. Wel, pwy fasa'n amau cynghorydd ariannol hefo un o hen gwmnïau parchus y dre fel Morris Associates o wthio drygs i ieuenctid yr ardal 'ma? Neb yn ei iawn bwyll, na fasa, siŵr Dduw. Yn enwedig â'i fam o'n brifathrawes, yn un o bileri cymdeithas.

Doedd perswadio Beca ddim yn anodd. A deud y gwir, mi ges i dipyn o hwyl yn gwneud. Roedd fy nghynllun i'n frawychus o syml, ac roedd Beca fach dda mor hawdd i'w thwyllo. Mae hi'n rhyfeddol yr hyn mae rhywun yn gallu'i wneud hefo ffôn symudol a thamaid bach o felcro.

Nos Wener oedd hi ac roedd Non a fi wedi dod adra'n gynnar o'r clwb. Adra i gartref Non, wrth gwrs. Roedd Beca a Iona wedi mynd i Lundain i weld fflat newydd Beca. Cyfleus. Cawsom y tŷ i gyd i ni'n hunain. Dipyn o wastraff hefyd, taswn i'n onest. Doedd Non ddim yn awyddus iawn i fynd i'r gwely. A dweud y gwir, doedd hi ddim yn y 'mŵd' yn aml bellach. Roedd yna ffordd dros hynny, wrth gwrs. Rhoi digon o win iddi oedd yr ateb, a gollwng rhywbeth bach ychwanegol i mewn i'w gwydryn hi pan nad oedd hi'n edrych.

"Mi wna i redeg bath i ti," medda fi wrthi yn y llais na fedrai hi byth mo'i wrthod, "i ti gael ymlacio dipyn."

Roedd hi'n reit ufudd, a dweud y gwir. Yn cymryd ei phampro gen i. Wedi'r cyfan, roedd fy ngwin 'sbesial' i'n dechrau cymryd ei effaith arni ac mi fyddai hi wedi cytuno i neidio allan drwy ffenest y llofft pe bawn i wedi gofyn yn glên iddi. Gwnes yn siŵr fy mod i'n sefyll yn nrws y bathrwm fel roedd hi'n camu allan o'r bath. A gwnes yn siŵr hefyd pan oeddwn i'n tynnu llun ohoni ar fy ffôn nad ei chluniau hirion a'i bronnau noeth oedd yr unig bethau oedd yn llenwi'r ffrâm. Cefais lun clir hefyd o'r tapiau crand a'r teils drud roedd Iona mor falch ohonyn nhw pan gafodd ei bathrwm newydd fisoedd yn unig cyn i'r hen Gwil druan ei phegio hi. Doedd dim amheuaeth ynglŷn â thŷ – a bathrwm – pwy oedd yn y llun.

Wnes i ddim poeni ynglŷn â chael siot eglur o wyneb Non chwaith. Roedd ei phen hi mewn tywel. Y corff oedd yn bwysig. Corff yr un maint a thaldra â chorff ei chwaer. Roedd Non yn dweud yn aml eu bod nhw'r un maint ac yn benthyg eu dillad ei gilydd o hyd. Fyddai Beca'i hun ddim yn gallu dweud nad hi oedd yn y llun pan fyddwn i'n ei anfon o ati ar ei ffôn drannoeth. A dyna oedd yr holl bwynt. Pe bawn i'n gofyn i Beca mewn gwaed oer a fyddai hi'n fodlon dod â chyffuriau i mi o Lundain gan fy hen ffrind coleg Jerry Cunningham byddai hi wedi dweud wrtha i'n blwmp ac yn blaen am fynd i'r diawl. Ond pe bai hi'n meddwl y byddwn i'n postio lluniau noeth ohoni ar y we hefo'i henw a'i chyfeiriad hi uwch eu pennau byddai hi'n fodlon gwneud unrhyw beth i fy mhlesio i.

Cyn gadael y bathrwm gludais y tamaid bach o felcro yn y gornel uwch ben ffrâm y drws. Doedd gen i ddim math o syniad a oedd modd gludo camera digidol bychan bach uwch ben drws ystafell hefo felcro er mwyn tynnu lluniau o bobol. Wyddwn i ddim a oedd modd cael gafael ar gamerâu cudd felly. Fy nychymyg i oedd yn gyfrifol am y syniad hwnnw. Hynny a gwylio gormod o ffilmiau James Bond.

Ac os nad oeddwn i'n siŵr o fodolaeth pethau felly roeddwn i'n berffaith saff na fyddai gan Beca ddim clem. Roedd y cynllun yn berffaith.Tywalltais fodca mawr i mi fy hun a phenderfynu treulio gweddill y noson yn mwynhau ufudd-dod Non, gan wybod y deuai ufudd-dod ei chwaer i'w ganlyn maes o law.

Beca

"Edrych uwch ben y drws i weld lle cuddiais i'r camera. Mae yna lot mwy o luniau o'r lle daeth hwn."

Dyna'r neges tecst a gyrhaeddodd hefo'r llun. Erbyn i mi gyrraedd adra drannoeth roedd o wedi e-bostio'r llun i mi hefyd. Drwy gydol y daith yn ôl ar y trên roeddwn i'n teimlo fel chwydu. Doedd gen i ddim dau air i'w ddweud wrth Mam ond wrth lwc roedd hi'n rhy flinedig i fod isio gormod o sgwrs ac yn rhy gaeth i'w byd bach ei hun o hunandosturi i roi gormod o sylw i mi. Roedd hanner potelaid o win dros ginio wedi cyfrannu'n helaeth at ei chysgadrwydd hi ac felly cefais lonydd i boeni nes fy mod i'n sâl.

Pam byddai Huw isio fy mlacmelio i fel hyn?

Buan iawn y ces i wybod.

'Rysgol

Pam oedd yn rhaid i Rita Salisbury ymddeol rŵan a'i adael o'n Brifathro Gweithredol jyst cyn i hyn i gyd ddigwydd? Byddai hi wedi gwybod yn union sut i ddelio â rhywbeth fel hyn. O, na. Bygro oddi yno a'i adael o i ddelio â'r shit. Roedd hi wedi gadael ei chadair iddo, chwarae teg iddi. Cadair ddesg ledr ddrud a'i chefn bron cyn uched â chadair 'steddfod. Rhy foethus o beth diawl i rywun fel fo. Gollyngodd Ifan John ei stwmp allan drwy'r ffenest a thynnu'i ben yn ôl i mewn i'r ystafell. Blydi gwaharddiad smocio. Ochneidiodd. Blasai'r mwg wrth iddo ddal i lynu ar ei wefus. Roedd y cachu ar fin taro'r ffan a doedd o ddim yn gwybod am ba hyd y gallai gadw'r stori allan o'r papurau. Mater o amser oedd hi rŵan, dyna i gyd. Mater o amser yn unig. Teimlai fel capten y Titanic. Roedd y peth yn ffisian drwy'r ysgol. Pawb yn gwybod.

Disgynnodd Ifan John yn drwm i mewn i gadair Rita Salisbury a cheisio dychmygu sut bennawd fyddai'r papur newydd lleol yn ei ddyfeisio i ledaenu'r ffaith fod disgybl wedi cymryd gor-ddôs o gyffuriau yn nhoiledau'r ysgol.

Dyl Bach

Dwi wedi bod ofn doctoriaid erioed. Trwy 'nhin ac allan. Twrw ambiwlans – fel car cops – yn fy ngwneud i'n chwys oer. Sa chdi wedi gofyn i mi be oedd fy hunlla gwaetha fi, wel, 'swn i wedi deud mynd i'r hosbital, de. Ond rŵan 'mod i yma, dio'm byd tebyg i be o'n i wedi'i feddwl. Dwi wedi cael llonydd i gysgu trwy'r nos mewn gwely glân. Pobol yn ffeind hefo fi am nad ydyn nhw'n fy nabod i. Dwi'm isio iddyn nhw wbod dim amdana i neu mi fyddan nhw'n stopio gwenu, garantîd. A dwi'm isio mynd o'ma chwaith achos dwi ofn be ddigwyddith. Dwi isio'r cur yn fy mhen i aros a phowndio fel uffar dim ond i mi gael gorfadd yma a'n llygaid ar gau rhag i neb swnian arna i byth eto.

Dwi'm yn cofio sut des i yma. Mi o'n i allan ohoni'n llwyr. Stwff drwg. Yr unig beth dwi'n ei gofio ydi teimlo'n uffernol o sâl. Stwffio fy hun i gornel rhwng y beipen ddŵr a'r toilet ei hun. Gwasgu'n hun i le bychan bach. Wal y ciwbicl yn oer ar fy nghefn i a'r llawr o dan fy nhin i'n damp. Ogla piso a finna'n rhy sâl i boeni. Crampiau. Ogla chŵd. Fy chŵd fy hun yn boeth ar du blaen fy nghrys. Wedyn dim byd. Wedyn fama. Cur pen a gwely gwyn.

Mi ddudodd y nyrs hefo'r poni têl tyn basa'r cops isio dod i 'ngweld i. Grêt. Go brin eu bod nhw isio dod â grêps a bwnsiad o floda i mi! Jyst pan o'n i'n meddwl mai'r unig fisitors oeddwn i'n mynd i'w cael oedd y moch, mi ddudodd Nyrs Poni Têl fod rhywun o'r ysgol wedi dod i 'ngweld i. Shit! Johnny Fawr wedi dod i roi'r thyrd degrî i mi, ma siŵr. Hwnnw'n waeth na'r blydi polîs.

"Dyl! Roist ti sioc i ni i gyd, boi!"

Griff Welsh! Blydi hel.

"Syr! Chi ydi o! Mi o'n i'n poeni mai Mr John oedd wedi dod..."

A dyma Griff Welsh yn dal fy llygaid i. Gneud stumia digri. Mi oedd fy wyneb i'n brifo gormod i chwerthin felly dyma fi jyst yn gwenu. Os ti'n galw stretjio dy geg o un ochr i'r llall am hanner eiliad yn wên.

"Pwy roth y crap 'ma i ti, Dylan?"

Mi wnes i wenu go iawn wedyn. Chwerthin bron.

"Be sy mor ddoniol?"

"Crap, Syr! 'Crap ar y Petha'. Dach chi'n cofio chi'n deud...? "

"Ydw, Dylan, dwi'n cofio." Ac mi oedd o'n edrych yn uffernol o drist pan ddudodd o hynny. Mae'n siŵr ei fod o'n meddwl mai dyna pam o'n i'n thic am fy mod i'n cofio'r petha rong i gyd.

"Fasa fiw i mi ddeud, Syr. Mi fasa'r boi yn fy lladd i."

"Mi fu bron iddo fo neud y tro yma'n do, yn stwffio rybish fel'na i ti."

Mi oedd gynno fo bwynt yn fanna. Dyna'r peth

am Griff Welsh. Y ffordd 'ma sgynno fo o neud i chdi weld rhwbath yn gliriach wrth ddal i siarad hefo chdi fath â mêt.

"Dwi'm rîli'n nabod o. Ryw fath o *loan shark*, felly. Mi nath o roi benthyg pres i Catrin ni."

"A rhoi drygs iddi?"

Wnes i ddim ateb achos mi oedd gin i ormod o gywilydd. O Catrin. Ohono fi'n hun.

"Blydi hel, Dyl. Ma gynni hi fabi!"

"Dim rŵan, Syr."

"Be ti'n feddwl?"

"Mae o 'in cêr'. Sosial syrfisus yn mynd â fo pan oedd hi'n dal yn yr hosbital."

Ella mai dyna pam ro'n inna'n casáu cymaint ar lefydd fel hyn. Ddim yn eu trystio nhw. Mi oeddan nhw wedi rhoi Catrin drwy'r felin ar gownt y drygs. Deud ei bod hi'n lwcus nad oedd y bychan wedi'i eni'n adict. As iff! Bastads! Fel tasa Catrin ddim wedi dychryn digon wrth i'r babi gyrraedd yn gynnar a phob dim. Chafodd hi ddim tŷ gynnyn nhw yn y diwedd. Er eu bod nhw wedi gaddo yn offis y cownsil fisoedd yn ôl. Ond pan aeth hi yno wedyn i ofyn mi ddudon nhw nad oedd hi ddim yn ddigon uchel ar y list. Mi oedd ganddi hi le i fyw meddan nhw. Doeddan nhw ddim yn gwbod mai sgym fatha'i mam hi'i hun oedd teulu cariad Catrin hefyd. Mi aeth hi'n uffar o row ryw noson a fynta'n taeru nad fo oedd y tad beth bynnag.

Dwi'n dallt pam ddaru Catrin ddechra mela hefo'r drygs. Yn disgwl ac ar ei phen ei hun ac yn gorfod cysgu ar lawr yn nhŷ rhywun gwahanol bob nos. Mi oedd cymryd rhwbath yn help iddi hi anghofio. Ffordd allan, dydi? Cael *buzz* o rwla jyst er mwyn profi i chdi dy hun dy fod ti'n dal yn fyw. Yn dal i deimlo rhwbath. Ti'n anghofio am y bora wedyn, yr oerfel a'r crynu ac ogla dy chŵd di dy hun. Dwi'n gorfadd yn fama rŵan yng nghanol doctoriaid a nyrsys a phobol sâl ac mi ddylwn i deimlo cywilydd. Ond tasa rhywun yn dod ata i'r munud yma ac yn cynnig ffics i mi faswn i ddim yn medru gwrthod.

"Mi ddaru nhw adael iddi roi enw iddo fo hefyd," medda fi.

"Be?"

"Enw i'r babi. Cyn iddyn nhw fynd â fo. Mi nath hi ei alw fo'n Dylan. Fath â fi..."

Shit! Ma rhaid fod y ffics drwg 'na'n llawn o gachu go iawn achos mi ddechreuish i deimlo fel taswn i'n mynd i grio! Lwmp yn fy ngwddw i. Llgada fi'n llenwi. Mi o'n i'n wannach nag oeddwn i'n ei feddwl. Un peth ydi rhoi pres da am ddrygs pur. Peth arall ydi cael dy robio hefyd. Mi ddyla'r crwc yna dalu am be nath o i Catrin. Ac am be nath o i mi. Ella dylwn i ddeud wrth Griff Welsh, medda fi wrtha fi'n hun. Fasa fo ddim yn sbragio wrth y cops. Deud na fi ddudodd a ballu. Mi fasa fo'n disgrît. Gwbod be i neud. Titsiyr, de?

"Peidiwch â deud na fi ddudodd," medda fi. Mi o'n i'n gallu deud oddi ar yr olwg ar wyneb Griff nad oedd o ddim wedi disgwl i mi ddeud chwaith.

"Deud be?"

"Am y boi benthyg pres 'ma. Y *loan shark*. Mae o'n gweithio i ryw ffyrm yn dre. Rwbath Associates."

"Nid Morris Associates?"

"Ia, rheiny."

"Nid *'loan sharks'*, chwedl chdithau, ydi'r rheiny. Mae Morris Associates yn hen, hen gwmni."

"Wel, dyna ydi'r boi yma. Mae o'n rhedag ei seidlein ei hun. Yndercytio'r ffyrm. Codi lloga mawr."

Mae llgada Griff Welsh yn agor yn fawr. Meddwl fod rhywun fel fi'n rhy thic i ddallt petha felly, siŵr o fod. Ond sut fedrwn i beidio dallt ar ôl gweld y peth yn digwydd i aeloda fy nheulu fy hun. I Catrin.

"Seidlein broffidiol iawn, yn enwedig hefo'r cyffuriau," medda Griff Welsh. Geiriau mawr. Finna'n sâl isio gofyn be oedd 'proffidiol' yn ei feddwl ond penderfynu fod gen i syniad go lew. "Ti'n gwbod be ydi'i enw fo, Dyl?"

"Uffar o foi mawr," medda fi. "Sgwydda fath â wardrobs. Mae o'n chwara rygbi i dîm dre. Huw rhwbath."

"Huw?"

"Ia. Wn im be ydi'i enw diwetha fo. Ond Huw Fawr ma pobol yn ei alw fo."

Mi aeth fy llgada fi dipyn yn rhyfedd wedyn. Teimlo'n chwil. Mae'n rhaid fy mod i'n dal i gael pwl go ddrwg neu mi oedd yna rwbath yn bod hefo'r gola yn y lle, o achos mi faswn i'n taeru'r munud hwnnw fod wyneb Griff Welsh wedi mynd yn wyrdd.

Huw

Dydi meysydd parcio ysbytai mo'r llefydd difyrraf i dreulio'ch amser. Yn enwedig ar ddiwrnod heulog. Petha gwell i'w gwneud. Fel pres. Ond roedd hi'n talu ar ei ganfed i mi fod ym maes parcio Ysbyty Parc Eryr y pnawn hwnnw. Wel, roedd hi'n bwysig i mi fod yno a dweud y gwir. Roedd yn rhaid i mi gadw golwg. Edrych pwy oedd yn mynd a dod. Pryd oedd y glas yn cyrraedd i siarad hefo'r sbrych drygi bach 'na fu'n ddigon o wancar dwl i drio injectio yn nhoiledau'r blydi ysgol o bob man.

Roeddwn i'n weddol saff na fyddai o'n sbragio wrth y cops. Dydi ei deip o byth yn gwneud. Gormod i'w golli a diawl o ddim i'w ennill. Gwybod mai dim ond ffeithiau mae'r plismyn isio, dim ots gan bwy. A does dim ots be sy'n digwydd i'r creadur diawl sydd wedi eu 'helpu' nhw chwaith. Uffar o stîd fel arfar am gario clecs. Ac mi oedd Dyl Bach yn gwybod yn iawn fod gen i fwy nag un ffrind oedd yn giamstar ar ailosod wynebau pobol. Nid na faswn inna wedi medru leinio'r bastad bach hefo un llaw wedi'i chlymu tu ôl i 'nghefn. Ond fydda i ddim yn licio baeddu fy nwylo – na fy siwtiau – oni bai fod angen gwirioneddol am hynny.

Na, cachwr oedd Dyl Bach. Fatha'r wêstar tad fu

gynno fo, a'r hwran goman o fam sydd gynno fo o hyd, er y basa'n well o lawer arno fo tasa fo wedi bod hebddi ar hyd y blynyddoedd. Fasa fo ddim yn deud dim. Ond roedd hi'n bwysig i mi bicio i'w weld o hefo dipyn o ffrwythau ar ôl i'r polîs fod. Dim ond i'w atgoffa fo ei fod o wedi gwneud y peth calla drwy ddal ei dafod.

Roedd hi'n eitha distaw yn y maes parcio. Dim golwg o'r glas. A doedd hi ddim yn hawdd methu neb. Fawr o fynd a dod. Y drygi ddim yn cael fisitors, mae'n amlwg. Bechod.

Ar wahân i un.

Doedd o ddim wedi newid fawr ddim ers dyddiau coleg. Yr un gwallt blêr yn disgyn i'w wyneb o. Yr ysgwyddau main. Yr un hen gerddediad ponslyd. Wedi bod yn gweld y blydi hogyn 'na oedd o. Boring o gydwybodol fel erioed.

Ddylai gweld Griff Ty'n Llan ddim bod wedi poeni dim arna i. Y llipryn hwnnw o bawb. Ond am y tro cyntaf ers y miri yma, dechreuais deimlo'n anesmwyth. Pam dylai o fod yn fygythiad o unrhyw fath? Blydi hel, os rhywbeth, fo oedd wedi bod ag arno fy ofn i trwy'i din ac allan ers blynyddoedd.

Ac eto... Am reswm na allwn ei egluro'n iawn, gwyddwn mai Griff Morgan oedd yr olaf roeddwn i isio iddo roi'i fys yn y brywes yma.

Er ein mwyn ni i gyd.

Rhian Preis

Roedd hi'n noson dda. Parti ymddeol Mrs Salisbury. Wel, i rai ohonon ni, beth bynnag. Mi ges i lond cratsh, fi ac Ifan John. Malu cachu am ddyddiau coleg a ballu. Ond doedd hi ddim yn cweit cymaint o laff i bobol eraill. Alys, er enghraifft. Mae hi'n siapus, rhaid cyfaddef, ac er na fyddwn i byth yn dweud hyn hyd yn oed o dan anasthetig, dwi'n eitha eiddigeddus o'i chorff hi. Ond blydi hel, doedd y ffrog roedd hi'n ei gwisgo'r noson honno'n gadael fawr o ddim i'r dychymyg. Roedd llygaid y dynion i gyd fel soseri.

Ar wahân i rai Griff, wrth gwrs. Yr union ddyn roedd hi'n gwneud ei gorau i'w hudo. Ond doedd dim yn tycio. Mi wn i fod Alys yn medru bod yn hen jadan fach bowld. Ond roedd hi'n edrych yn anhygoel a byddai wedi bod yn anodd i unrhyw ddyn sengl hefo rwbath o gwbwl yn ei drowsus ddweud 'na' wrthi. Yn enwedig â'r gwin a'r cwrw'n llifo. Yn enwedig â hithau'n rhoi'r fath 'cym on' iddo. Yn ei chynnig ei hun ar blât.

A dyna pryd sylweddolais i. Yn ddistaw bach heb drafod dim hefo neb. Tra oeddwn i'n ista wrth y bwrdd crwn yn disgwyl i Ifan gario gwin coch arall i mi. Sut nad oedd y peth wedi fy nharo i cyn hyn? Sut oeddwn i wedi methu'i weld o? Blydi hel, roedd hi mor amlwg â hoel ar bost i unrhyw un a oedd yn astudio symudiadau Griff ac Alys mor fanwl ag oeddwn i. Un yn trio denu a'r llall yn trio dianc. Mor amlwg â'r ffaith nad oedd Alys yn gwisgo bra.

Roedd Griff Morgan yn hoyw.

Rita

Roeddwn i wastad wedi teimlo'n nes at Dafydd nag at yr un o'r lleill. Mi fu Huw yn un anodd i'w garu erioed. Hyd yn oed yn blentyn roedd rhyw gasineb yn perthyn iddo ac mi fu hynny'n rhywbeth y cefais drafferth i'w dderbyn am flynyddoedd. Ond pan ddeuai un arall ac un arall o famau ffrindiau bach Huw i gwyno am ei ymddygiad tuag at eu plant, fedrwn i ddim gwadu dim mwy ar yr hyn roeddwn i wedi ei amau ers talwm, dim ond fy mod i'n gyndyn o gyfadda'r gwir, hyd yn oed wrtha i fy hun. Mae gorfod cydnabod eich bod chi wedi magu bwli yn anodd i unrhyw fam.

Doedd dim creulondeb felly'n perthyn i Elin. Roedd hi'n weithgar, yn ystyriol, yn bictiwr o ferch dda, ufudd. Ond roedd yna ryw bellter ynddi, rhyw duedd i roi'r argraff ei bod hi'n ei hystyried ei hun yn well na phawb arall. Nid traha oedd hynny chwaith. Dim ond rhyw hyder oer yn ei gallu hi ei hun. Er mor od mae hyn yn swnio, eto i gyd roedd mwy o anwyldeb ar brydiau ym myrbwylltra direswm Huw.

Roedd Dafydd mor wahanol i'r ddau ohonyn nhw o'r cychwyn cyntaf. Yn fabi bodlonach. Er fy mod i'n caru fy mhlant i gyd yn ddiamod, Dafydd oedd yr un a gadwai fy nghalon i guro. Roedd ei dynerwch o'n blentyn yn rhywbeth peryglus. Gallasai fod wedi cael ei fwlio'n hawdd oni bai am un peth amlwg. Brawd bach Huw oedd o. Dyna oedd ei achubiaeth yn aml.

Mae rhyw ddaioni'n dod o bob drwg, meddan nhw. Huw oedd ceidwad ei frawd yn llythrennol a da y gwyddai Dafydd hynny. Ond roedd Huw, am y tro cyntaf erioed, yn gweithredu'n gwbl anhunanol.

Yn hytrach nag ymateb i Dafydd, y babi newydd, fel y disgwyliasom i gyd, gwirionodd Huw o'r dechrau hefo'i frawd bach. Doedd fiw i'r gwynt chwythu arno. Parhaodd hyn wrth iddyn nhw dyfu'n hŷn. Roedd cwlwm tyn rhwng Dafydd a Huw, rhyw linyn brawdol yn eu clymu. Rhywbeth a barodd i Elin bellhau fwyfwy oddi wrthyn nhw. Oddi wrthyn ni i gyd. Mae'n rhaid fod hynny wedi effeithio mwy arni nag oeddwn i'n ei sylweddoli ar y pryd. Wedi'r cyfan, Elin oedd yr un a fynnodd fynd dramor i weithio ac wedyn i fyw. Elin oedd yr un a aeth i ffwrdd.

A Dafydd arhosodd adra. Dafydd addfwyn, yn cadw'r ddysgl yn wastad rhwng Emrys a finna. Yn cadw rhyw fath o heddwch. Yn peri i ryw lun o normalrwydd deyrnasu mewn tŷ a oedd yn prysur anghofio sut i fod yn gartref.

Roedd hi'n rhyfedd meddwl am Dafydd yn cychwyn bob bore i fy ysgol i, a finna'n aros adra, yn crwydro'r tŷ yn fy nresing gown ar ôl iddo fo fynd, cwpanaid o goffi yn fy llaw, yn chwilio'n ofer am gysur gan arlwy ffug-gartrefol GMTV ac yn gorfod gwneud ymdrech wirioneddol i newid o fy nghoban cyn disgyn yn ôl ar y soffa i ddechrau gwylio Phil a Fern yn telynegu oddi ar eu soffa hwythau.

Fedrwn i ddim diodda bod yn y tŷ hefo Emrys drwy'r dydd. Ac eto, am reswm na allwn i mo'i egluro, roedd o'n brifo'n uffernol i sylweddoli ei fod yntau'n teimlo'r un fath amdana inna. Os oedd fy nheledu i'n mynd ar ei nerfau o, gwnâi'n berffaith siŵr fod ei radio yntau'n rhygnu ar fy rhai inna.

Pan ddechreuodd o fynd allan yn y pnawniau a dod yn ei ôl yn chwibanu fel tasa fo wedi ennill y loteri, dechreuais deimlo'n anghysurus. Oedd gynno fo rywun arall? Ac eto, pam dylai hynny fy mhoeni i? Wedi'r cyfan, doedd arna i mo'i isio fo bellach, nag oedd? Ceisiais resymu â mi fy hun droeon. Y twyll oedd yn fy nghorddi i. Pe bai yna dwyll. Pe bai ganddo ddynes arall. Meddwl am y ddau ohonyn nhw'n cael hwyl am fy mhen i. Meddwl am bobol eraill yn gwybod a finna'n dal i wybod dim. Yn treulio fy nyddiau yn fy nghoban yn araf droi'n gabatsien tra bod Emrys yn ail ddarganfod ei ieuenctid ar fy arian pensiwn i!

"Paid â mwydro, Mam!" Dyna fyddai ateb Dafydd bob tro y byddwn i'n ymddiried hyn i gyd ynddo. "Ma gen ti ormod o amser ar dy ddwylo i hel meddyliau, rŵan dy fod ti wedi riteirio. Ti angen hobi!"

Wedyn mi fyddai'n dechrau siarad am yr ysgol. Codi hiraeth arna i, er na fyddwn i byth wedi cyfadda hynny iddo fo. Siarad am y plant, yr adran. Yr athrawon. Yn enwedig Griff. Ac er fy mod i'n falch fod Dafydd wedi cael croeso, ei fod o'n setlo, roedd yna rywbeth yn fy anesmwytho. Roeddwn i isio credu mai fy nychymyg i oedd y cyfan.

Y ffordd byddai wyneb Dafydd yn goleuo, y ffordd roedd o'n bywiogi drwyddo pan soniai am Griff Morgan.

Rhian Preis

Dwi'n gwybod fy mod i'n lot o betha, ond dydw i ddim yn gul. A dydw i ddim yn bradychu cyfrinachau ffrindiau chwaith. Ac mae Griff yn gwybod hynny. Wedi'r cyfan faswn i ddim yn Bennaeth Blwyddyn pe na bawn i'n gwybod sut i gau 'ngheg pan fydd disgyblion yn dod i ymddiried ynof i. Efallai mai dyna pam y penderfynodd yntau wneud hynny'r diwrnod hwnnw. Efallai ei fod o'n ei chael hi'n haws siarad am y gwyddai fod Alys yn absennol o'r ysgol ac na fyddai perygl iddi gerdded i mewn ar ganol y sgwrs. Neu efallai mai'r ffaith fy mod i wedi mynd i'w stafell a chael hyd iddo yn ei ddagrau wnaeth iddo benderfynu unwaith ac am byth bod yn rhaid iddo ymddiried yn rhywun neu ddrysu. A fi ddigwyddodd fod yno pan oedd arno angen rhywun.

"Mi ddylwn i fod wedi cloi'r drws," medda fo.

"Mi wna i rŵan ta, ia?" medda finna.

Nid atebodd, dim ond tynnu'i lawes yn frysiog ar draws ei lygaid.

Roedd yna gerddoriaeth glasurol yn chwarae'n dawel ar y peiriant CD yn y gornel tu ôl iddo. Piano.

"Neis," medda fi. "Be ydi o?"

"Iddew o Wlad Pwyl gafodd ei erlid gan y Nazïaid. Wladyslaw Szpilman. Welist ti'r ffilm erioed? *The Pianist*?"

"Naddo."

"Nid Iddewon yn unig a gâi eu herlid. Mi oedd o'n digwydd i hoywon hefyd." Edrychodd i lawr ar y llyfr o'i flaen heb ei weld. "Does yna ddim llawer wedi newid yn fanna..."

Wyddwn i ddim sut i'w ysgwyd o'i hunandosturi. Ceisiais fod yn ymarferol.

"Ga' i nôl panad i ti?"

Ysgydwodd ei ben. Roedd yna bentwr o lyfrau o'i flaen heb eu twtsiad yn disgwyl am eu marcio. Wnes i ddim pwyso arno. Dim ond estyn am feiro goch o'r potyn ar y ddesg a dechrau mynd drwy'r llyfr cyntaf.

"Does dim isio i ti neud hynna, Rhian." Gwenodd yn ddyfrllyd. "Wir yr. Dwi'n ocê." Gan wybod ein bod ni'n dau'n ymwybodol nad oedd o ddim.

"Ti'n edrach yn shit," medda finna. Gwenodd go iawn wedyn a chwythu'i drwyn yn ffyrnig i hances bapur o'r bocs ar y ddesg a gadwai yno ar gyfer y plant.

"Dwyt ti ddim yn delynegol iawn, nag wyt?"

"Dwi ddim yn ddall chwaith, Griff." Er fy mod i'n siarad yn dawel roedd fy nhu mewn yn crynu. Roeddwn i'n amau beth oedd yn ei boeni ond roedd gen i ofn ei glywed o'n dweud yn uchel. Roedd gen i ofn hefyd iddo ddweud wrtha i am fynd i'r diawl.

"Ma petha'n wyllt yn 'y mhen i, Rhian."

"Dafydd?" mentrais.

Nodiodd. Roedd golwg bell yn ei lygaid o am ennyd.

"Ydi o'n amlwg i bobol, Rhian?"

"Dim ond i mi."

"Ac i Alys efallai?"

"Go brin. Mae honno'n meddwl gormod amdani hi'i hun i bendroni gormod am neb arall!"

"Ond mae hi wedi cael y neges erbyn hyn nad oes gen i ddiddordeb ynddi, hyd yn oed os nad ydi hi'n amau fy mod i'n hoyw." Edrychodd Griff arna i'n hir. "Sut gwyddost ti, ta?"

"Wn im. Greddf. Rhyw chweched synnwyr, efallai. Dau a dau'n gneud pump."

"Doeddwn i ddim isio teimlo fel hyn am Dafydd." Ochneidiodd. "Ond peth fel'na ydi o 'te? Chei di ddim dewis hefo pwy ti'n syrthio mewn cariad."

"Mi wyt ti a Dafydd mewn cariad felly?"

Oedodd Griff cyn ateb.

"Does 'na'm byd wedi digwydd. Wel, dim byd o ddifri. Wedi bod allan am ddrinc. Tecstio'n gilydd..."

Daeth lwmp i fy ngwddw i. Doedd bywyd ddim yn deg. Doedd cymdeithas ddim yn deg. Blydi hel, tasa Dafydd Salisbury wedi bod yn hogan fyddai neb yn beirniadu. Teimlais wayw o ofn ym mhwll fy stumog. Ofn dros Griff. Ofn canlyniadau perthynas fel hyn. Pe dôi'r plant i wybod byddai ei fywyd yn uffern. Syllodd arna i'n sydyn fel pe bai o newydd ddarllen fy meddwl i.

"Paid â phoeni, Rhian. Ddigwyddith dim byd." Cydiodd yn fy llaw i a gwasgais fy mysedd yn dynn am ei fysedd o. Roedd o'n crynu.

"Be ti'n ddeud, Griff?"

"Dwi am gymryd papur doctor. Pwysau gwaith. Stres. Mi ga' i dair wythnos. Mis efallai. Erbyn i mi ddod yn fy ôl mi fydd Dafydd wedi gorffen yma. A fydda i ddim yn deud gair o gelwydd, Rhian. Wir Dduw i ti. Mae'r wythnosau diwetha wedi bod yn uffernol. Fedra i ddim diodda dod yma bob dydd, ei weld o, gweithio hefo fo – nid a finna'n teimlo fel ydw i . Yn gwbod na cha' i byth fod hefo fo yn y ffordd dwi isio..."

"Ydi o'n teimlo'r un fath?"

"Ydi. Ond fy lle i ydi bod yn gry, rhoi stop ar betha cyn iddyn nhw fynd yn rhy bell."

"Maen nhw wedi mynd yn reit bell yn barod, ddywedwn i."

Bu'n dawel am funudau hirion.

"Gwranda, Griff. Mae pobol yn dallt y dyddiau yma. Blydi hel, be ydi bod yn hoyw erbyn hyn? Mae yna lwythi o bobol hoyw, ar y teledu... bob man." Roeddwn i'n wafflo, yn gwybod nad oeddwn i'n argyhoeddi'r un o'r ddau ohonon ni. Roeddwn i jyst isio deud rhwbath i lenwi'r gwacter trist 'ma. Ond wyddwn i mo'i hanner hi, na wyddwn?

Wyddwn i ddim ar y pryd fod Griff a Huw, brawd Dafydd, yn elynion ers dyddiau coleg. Wyddwn i ddim fod Dafydd a Griff yn hanner brodyr.

Bryd hynny, roedd hi'n amlwg na wyddai Dafydd a Griff chwaith. Un person yn unig a wyddai hynny. A Rita Salisbury oedd honno.

Elin

Roeddwn i wedi amau ers blynyddoedd bod Dafydd ni'n hoyw. Y petha bach 'na fedar rhywun ddim cweit rhoi'i fys arnyn nhw. Roeddwn i jyst yn gwybod. Ac mi ddarllenodd Dafydd yr arwyddion fy mod i'n dallt. Roedd yna ddealltwriaeth ddieiriau rhyngon ni. Soniodd yr un o'r ddau ohonon ni'r un gair am y peth am amser maith ac eto gwyddai Dafydd na ddywedwn i ddim byd. A wnes i ddim.

Tan y ffrae honno ar y ffôn hefo Mam.

Er nad oeddwn i angen unrhyw gadarnhad pellach o rywioldeb fy mrawd bach, fe'i cefais serch hynny ar ffurf cerdyn Dolig. Cerdyn elusennol oedd o ond at elusen go wahanol. The Terence Higgins Trust. Elusen yn dwyn enw gŵr ifanc hoyw a fu farw o Aids.

Roeddwn i wedi trefnu hedfan adra o'r Swistir ar gyfer y Flwyddyn Newydd. Dolig hefo teulu Erik ac wedyn adra i Gymru erbyn Nos Calan. Ond dryswyd y trefniadau pan ddisgynnodd mam Erik a thorri'i ffêr. Felly mi benderfynon ni aros yma. Ond gwrthododd Mam weld synnwyr. Onid oedd gan Erik ddigon o frodyr a chwiorydd i edrych ar ôl Ingrid am chydig ddyddiau? Doedd hi byth yn ein gweld ni. Esgus oedd y cyfan, meddai hi. Ond dyna fo. Fel'na oedden ni, fi a Huw. Yn ei siomi hi o hyd. Nid fel Dafydd.

Aeth yn ffrae rhyngon ni. Cefais lond bol ar gael fy nghymharu hefo Huw a fy mesur wrth lathen Dafydd.

"Ac ydach chi'n gwbod, Mam, fod eich hoff fab chi, y cyw melyn ola ei hun, yn hoyw?"

Gallwn fod wedi rhwygo fy nhafod o 'ngheg. Bron hefyd nad oeddwn i'n gallu blasu'r distawrwydd yn suro rhyngon ni dros y gwifrau fel llefrith yn yr haul.

Siaradon ni ddim am amser hir. Ches i ddim galwad gan Mam tan fy mhen-blwydd yr Ebrill canlynol. Daeth pethau'n well yn raddol. Llwyddon ni i gymodi. I gadw wyneb. Ond byth oddi ar y Dolig uffernol hwnnw, chyfeiriodd hi na finna erioed at Dafydd mewn unrhyw sgwrs wedyn.

Beca

Doedd dim rhaid i mi boeni ynglŷn â Mam yn holi pam roeddwn i adra o Lundain eto mor fuan ar ôl dim ond tair wythnos. Pan gyrhaeddais i, roedd hi'n gorwedd ar y soffa'n gwylio sothach ar y teledu a photelaid o jin o'i blaen ar y bwrdd coffi. Roedd hi'n dri o'r gloch yn y pnawn.

"Wedi bod dan y don," meddai hi. Roedd ei llais hi'n dew. "Twtsh o'r ffliw neu rwbath..." Er nad oedd hi'n gwbl sobor, roedd hi ddigon yn ei phetha i edrych yn euog fy mod i wedi ei dal hi'n yfed mor gynnar yn y dydd.

Roedd y croeso mamol a gawn i ers talwm yn ormod i'w ddisgwyl. Nid Mam oedd hi bellach. Roedd rhan ohonof i'n ei chasáu am hitio'r botel, am fod mor wan. Ond roeddwn i'n casáu mwy arna i fy hun am adael iddi fynd mor isel ar ôl colli Dad. Am beidio â bod yna iddi. Pe na bawn i wedi bod mor hunanol a mynnu mynd i Lundain efallai na fyddai hi wedi mynd mor isel. Efallai. Ond roedd un peth yn sicr. Pe na bawn i wedi mynd i Lundain fyddai Huw Salisbury ddim wedi gweld ei gyfle i fy nefnyddio i fel hyn. Wrth feddwl am hynny cofiais fy ngwir reswm dros fod adra unwaith eto, am y pecyn brown wedi'i guddio o dan fy nillad i yn y bag dros nos. Es i fyny i fy hen stafell i stwffio'r bag i mewn i'r wardrob cyn mynd i wneud coffi du i ni'n dwy. Efallai y cawn i fwy o synnwyr ganddi wedi iddi yfed ychydig o hwnnw. Daeth lwmp sydyn i fy ngwddw i. Hiraeth am Dad. Pe bai o'n dal yma... Ond doedd o ddim. Mam oedd yma, yn barodi sigledig ohoni hi ei hun a doedd gen i mo'r syniad lleiaf sut i'w newid hi'n ôl.

Pan es i'n ôl i'r stafell fyw roedd hi'n cysgu ar y soffa. Thrafferthais i ddim i'w deffro. Roedd yna gysur yn ogla'r coffi ffres felly penderfynais wneud y gorau ohoni. Roeddwn i wedi blino ar ôl fy siwrna, felly codais inna fy nhraed ar y pwffi lledr, diffodd sain y teledu ac estyn am y papur newydd. Doedd dim rhaid i mi fynd i weld Huw tan wedi pump pan fyddai ei swyddfa'n cau.

Os oeddwn i wedi meddwl cael ymlacio tipyn cyn magu plwc i wynebu'r sglyfath Salisbury 'na, cefais ail. Un o'r prif storïau yn y papur oedd sgandal cyffuriau yn yr ysgol uwchradd leol. Bu bron i un bachgen farw ar ôl cymryd cyffuriau ar dir yr ysgol. Soniodd yr erthygl am y broblem gyffuriau a oedd ar gynnydd yn yr ardal ac am y bywydau a ddifethid bob dydd. Roedd angen gwneud rhywbeth ar frys, meddai llefarydd ar ran yr heddlu, nid yn unig i ddal y rhai oedd yn gwthio cyffuriau'n lleol ond y rhai a oedd yn eu cyflenwi.

Trodd blas y coffi ffres yn gyfog sur.

Non

Dydi caru mewn car ddim yn braf. Does yna ddim urddas yn y peth. Dim preifatrwydd chwaith. Ond sut arall oedd Em a fi'n mynd i gael unrhyw fath o agosrwydd heb i ni fentro felly?

"Dydi hyn ddim yn iawn, Non. Rhyw ffymblo trwsgwl yng nghefn car fel hyn a ninna'n sâl yn poeni rhag i rywun ein dal ni. Dwi'n teimlo fel taswn i'n dy ddefnyddio di!"

"Dwyt ti ddim, Em!"

"Ond mae o'n teimlo felly."

"Wn i."

Gafaelodd Em yn dyner ynof fi wedyn, edrych i mewn i fy llygaid i, esmwytho 'ngwallt i. Ac roedd yr un weithred fach honno'n golygu mwy na noson gyfan rhwng cynfasau sidan yn yfed siampên.

Roedd hwyliau reit dda arna i pan gyrhaeddais i adra. Nes i mi weld car Beca yn y dreif. Roedd hi wedi dechrau cael blas ar ddod adra mae'n rhaid. Wn i ddim pam chwaith, a Mam fel mae hi. Cydwybod, efallai. Pan agorais i'r drws, llanwyd fy ffroenau i ag ogla coffi ffres. Blydi hel, mi oedd y chwaer afradlon yn cael croeso anghyffredin. Ac yna mi sylwais ar Mam yn rhochian cysgu ar y soffa. Beca'i hun oedd wedi ei wneud o felly. O, wel. Iawn iddi wneud rhwbath.

"Mmm!" medda fi. "Lyfli, Becs. Ti'n ffansïo aros yn y gegin 'na a gneud swpar i ni heno hefyd?"

Wn i ddim wnaeth hi fy nghlywed i'n iawn. Atebodd hi mo 'nghwestiwn i, beth bynnag. Dim ond dechrau mwydro'n syth am rwbath welodd hi yn y papur am gyffuriau yn yr ysgol uwchradd. Wnes i ddim rhoi llawer o sylw iddi. Roeddwn i'n ffansïo bath, noson braf i mewn. Doedd Huw ddim wedi sôn am fy nghyfarfod i heno, diolch byth. Y peth ola oedd arna i ei isio oedd chwarae'r gêm hefo hwnnw, cogio bod popeth yn iawn, diodda'i bawennau chwyslyd o ar ôl tynerwch Em. Na, efallai y byddai noson i mewn hefo Mam a Beca'n ocê wedi'r cyfan. Cyfle i fondio unwaith eto. A byddai Mam yn gallach ar ôl cael napan a swper bach neis. Dim ond y tair ohonon ni. Fel ers talwm. Dechreuais edrych ymlaen.

"Be gawn ni heno, ta, Becs? Sbag bol?"

Ond wnaeth hi ddim ond sbio'n od arna i a dweud, mewn llais pell:

"Na, dim i mi. Dwi'n gorfod mynd allan."

Beca

Cyrhaeddodd Non yn wên i gyd. Doedd hi ddim yn anodd dyfalu hefo pwy oedd hi wedi bod. Roedd cystal hwyliau arni fel ei bod hi'n parablu'n braf am gael noson i mewn, hi, fi a Mam yn rhannu swper o flaen y tân fel pe na bai dim o'r holl ffraeo wedi bod ynglŷn ag Emrys Salisbury a hithau. Nid fod blewyn o ots gen i ei bod hi'n twyllo'r bastad Huw 'na. Malais Non tuag at Mam pan oedd hi yn ei gwendid ddaru fy ngwylltio i. A phan ddeuai Rita Salisbury i wybod am gariad ei gŵr byddai'r tail yn taro'r ffan go iawn.

Hyd yn oed pan wrthodais ei chynnig i wneud swper, phwdodd hi ddim yn ei ffordd arferol dim ond dweud:

"Iawn ta, plesia dy hun," a diflannu i fyny'r grisiau. Ymhen dim roedd sŵn bath yn cael ei redeg a cherddoriaeth yn dod o gyfeiriad ei stafell wely. Oedd, roedd hwyliau anghyffredin o dda ar Non y noson honno. Roedd ei hapusrwydd hi'n dechrau mynd ar fy nerfau i oherwydd i mi sylweddoli pa mor eiddigeddus oeddwn i ohoni. Teimlwn yn flin ac yn ddiamynedd tuag ati. Nes i mi sylweddoli rhywbeth arall. Fyddai'r hapusrwydd bach yma ddim yn para. Rhywbeth dros dro oedd o.

Yn enwedig pan gâi Huw Salisbury wybod am y

peth. Oherwydd fe ddeuai i wybod am Non a'i dad. Doedd dim byd yn sicrach.

Ni cheidw'r diafol mo'i was yn hir.

Non

Pan es i i stafell wely Beca i chwilio am fenthyg stwff i dynnu paent ewinedd – mae hi'n dal i gadw amrywiaeth o boteli ar ei bwrdd gwisgo, diolch byth, er nad ydi hi adra rownd y rîl (handi!) – sylwais nad oedd hi wedi dadbacio. Yr unig beth roedd hi wedi ei dynnu o'i chês oedd ei laptop newydd. Neis. Un pinc. Y diweddara o'i fath. Fedrwn i ddim maddau. Roedd yn rhaid i mi godi'r caead, dim ond am eiliad. Arweiniodd un peth at y llall. Cefais ysfa i anfon e-bost bach cariadus at Em.

Doeddwn i ddim wedi bwriadu busnesa, wir yr, pan ddes i ar draws inbocs Beca'n ddamweiniol. Ond yna, pan sylwais ei bod hi wedi derbyn rhywbeth gan Huw, roedd yn rhaid i mi agor yr atodiad.

Wn i ddim beth oeddwn i'n disgwyl ei ddarganfod, ond mae un peth yn bendant: doeddwn i ddim yn disgwyl gweld llun ohonof fi fy hun yn noeth!

Beca

Fy ymateb cyntaf wrth gerdded i fy stafell a gweld Non yn edrych ar fy e-bost oedd rhoi slap iddi am fusnesa. Ond pan gododd ei phen ac edrych arna i roedd ei hwyneb yn fasg o gynddaredd.

"Sut uffar wyt ti'n esbonio pam fod gen ti lun fel hyn ohonof fi'n noeth ar dy gyfrifiadur? A sut wyt ti'n esbonio pam fod Huw, o bawb, wedi'i anfon o atat ti?"

Roedd hi'n sefyll rŵan yn fy wynebu â'i llygaid yn gwreichioni. Teimlais fy hun yn gwrido, yn dechrau crynu a daeth fy ngeiriau allan yn un stwnsh carbwl.

"Na, dim chdi... fi... fi ydi hi. Huw ddudodd..."

"Chdi? Be ti'n feddwl ydw i, Beca? Ffŵl? Yli, dwi'n gwybod nad ydi'r wyneb yn glir, ond ers pryd mae gen ti datŵ o ddolffin ar ochr dy droed dde?"

Y dolffin! Glas. Bychan bach. Fawr fwy na maint pry ffenest. Cafodd Non ei wneud o pan aeth hi ar ei gwyliau cyntaf dramor hefo'i mêts yn ddeunaw oed. Dwi'n cofio'r ffrae pan ddaeth hi adra a Mam yn sylweddoli na fyddai o byth yn golchi i ffwrdd.

Cydiodd yn fy mraich i'n wyllt a gwthio fy wyneb i bron i'r sgrîn yn ei thymer. Ac o graffu'n fanwl, dyna lle'r oedd o. Tatŵ'r dolffin! Sut bûm i mor naïf? Non oedd yn y llun, nid fi. Roedd Huw wedi 'nhwyllo i, wedi fy mlacmelio i hefo llun fy chwaer. A'r cyfan welais i oedd y bathrwm cyfarwydd. Fi fy hun a fy mhen mewn tywel yn camu o'r bath. Huw'n dweud fod ganddo gymaint mwy o luniau eraill a finna'n ei gredu.

"Mae gen ti lot o waith egluro, 'mechan i," meddai Non yn galed.

Nid fi oedd yr unig un. Wrth i mi eistedd ar erchwyn y gwely a 'nhu mewn i'n corddi mi wnes benderfyniad a fyddai'n newid ein bywydau ni.

Fe gâi Huw Salisbury dalu am hyn.

Rita

Fedrwn i ddim anwybyddu'r peth dim rhagor. Pan ddywedodd Elin wrtha i ar y ffôn y Dolig ofnadwy hwnnw fod Dafydd yn hoyw caeais fy nghlustiau. Roedd hi'n fwy o fater gwrthod cyfadda na gwrthod credu. Y gwir oedd fod gen inna f'amheuon ers tro byd ond roeddwn i'n dal i obeithio mai dyna'r cyfan oedden nhw – amheuon. Nid fod gen i ddim yn erbyn hoywon. Nid na faswn i'n caru Dafydd ddim mymryn llai pe bai o'n hoyw. Ofn oedd gen i. Ofn yr hyn fyddai'n rhaid i Dafydd ei wynebu pe bai hynny'n wir amdano. Mae bywyd yn ddigon anodd fel mae o. Oni fyddai pethau rywfaint yn haws iddo wrth wneud ei ffordd yn y byd pe na bai o'n gorfod delio hefo problemau a thabŵs ei rywioldeb ei hun? Nid pryderon homoffobig oedd gen i ond pryderon mam.

Ac fel mam bryderus y ceisiais i ddal pen rheswm â Dafydd y pnawn hwnnw. Roedd o newydd ddod adra o'r ysgol a hwyliau braidd yn fflat arno. Doedd Emrys ddim adra – fel arfer. Roedd yn gyfle i ni siarad.

"Panad, Daf?"

Gwnaeth rhyw sŵn mwmial a allasai fod yn 'ia' neu'n 'na'. Rhoddais y tecell i ferwi.

"Diwrnod gwael?"

Cododd ei ysgwyddau. Byddai hyn fel cael gwaed

allan o garreg.

“Gymri di fisgeden hefo honna?”

Atebodd o mo fy nghwestiwn i dim ond dweud yn annisgwyl, ddigymell:

“Griff Morgan off yn sâl.”

“Ers pryd?”

“Wsnos diwetha.”

“Wnest ti ddim dweud.”

“Dwi’n dweud rŵan, tydw!” Roedd tinc cwerylgar, ymosodol bron i’w lais. Nid dyma’r Dafydd arferol, addfwyn. “Di o’m yn ateb ei ffôn…”

“Plîs, Daf, paid â gwylltio pan fydda i’n dweud hyn ond… chdi a Griff…? Dwi’n gwbod ers talwm, sti.”

“Gwbod be?”

“Dy fod tithau’n hoyw.” Roedd ynganu’r geiriau bron mor anodd ag edrych ar yr angst yn llygaid fy mab. Trewais tra oedd yr haearn yn boeth er bod pob gair a ddywedwn fel rhoi cyllell yn fy nghalon fy hun. “Trystia fi, Dafydd bach. Does yna ddim dyfodol i ti a Griff Morgan. Ddim yn y ffordd fasech chi’ch dau’n licio, beth bynnag…”

Pan drodd i edrych arna i roedd ei wyneb yn gwlwm o boen. Chditha hefyd? Dyna’r cyhuddiad ym myw ei lygaid. Roeddwn inna’n gul ac yn ddiddeall fel pawb arall yn ei olwg o. A finna’n gwybod nad oedd y poen oedd o’n ei deimlo o feddwl hynny’n ddim o’i gymharu â’r hyn oedd gen i i’w ddweud wrtho.

“Be sy, Mam?” meddai o’r diwedd. Ei eiriau’n gryg. “Ddim isio i mi fod yn hapus wyt ti?”

“I’r gwrthwyneb, Daf annwyl.” Llyncais heibio’r

lwmp yn fy ngwddw. "Isio arbed poen i ti dwi." Roeddwn i angen fy holl nerth i fy argyhoeddi fy hun o hynny hefyd.

"Ma gin ti ffordd od o ddangos hynny," meddai.

"Fedri di a Griff byth fod yn gariadon," medda fi'n gyflym. Yn rhy gyflym fel pe bai arna i ofn i'r geiriau losgi 'nhafod i.

"Chdi sy'n deud hynny. Neb arall."

Doedd dim amdani. Dim ond y gwir. Roeddwn i'n fy nghasáu fy hun.

"Dafydd, mae o'n hanner brawd i ti."

Fedrwn i byth fod wedi rhag-weld ei ymateb i hynny. Newidiodd yr olwg ar ei wyneb o wewyr i anghredinedd. Ofynnodd o ddim byd dim ond eistedd yno'n fud yn ceisio gwneud synnwyr o'r cyfan. Roedd hi bron fel pe gallwn i ddarllen ei feddwl o'n gweithio. Nid Emrys oedd ei dad o ond dyn arall. Dieithryn. Tad Griff Morgan. Enw ar garreg fedd. Cododd yn araf oddi wrth y bwrdd.

"Daf? Daf, paid â mynd, plîs! Dwi isio egluro…"

Trodd ata i'n araf. Lluchio un gair yn oer i ganol y bwrdd.

"Hwran," meddai'n dawel. Yna newidiodd ei wyneb fel awyr yn duo a chwalodd y llestri oddi ar y bwrdd ag un symudiad.

Y peth nesaf a glywn oedd teiars ei gar o'n rhwygo wyneb y dreif tu allan, ond fedrwn i ddim symud gewyn. Eisteddais yno yn fy unfan, y llestri'n deilchion dan fy nhraed a'r coffi'n nadreddu'n ddu rhwng y darnau. Roeddwn i'n rhy farw i deimlo dim.

'Rysgol

Mae hi'n bwrw glaw. Eto. Mae plant yn waeth ar dywydd gwlyb. Anos i'w rheoli. Yn yr angar llwyd sy'n cymylu'r ffenestri maen nhw'n sgwennu pethau am ei gilydd. Am athrawon. Weithiau maen nhw'n chwalu'r geiriau'n sydyn, yn syth ar ôl eu sgwennu. Herio maen nhw. Rhywbeth i'w wneud. Tynnu lluniau calonnau. Siân lyfs Paul. Mae yna lot o galonnau. Lot o herio.

Lot o ffenestri.

Dydi Rhydian Lewis ddim yn rhan o'r herio hwn. Does neb yn sgwennu dim amdano fo. Dydi o ddim yn gwybod pam fod hynny'n gwneud iddo deimlo'n flin. Mae o'n cael llonydd. Onid ydi hynny i fod yn beth braf?

Saif ar gyrion hyn i gyd, yn teimlo'n rhy dal i guddio. Ond pam mae o isio cuddio? Does neb yn edrych i'w gyfeiriad beth bynnag. Ddim bellach. Ddim fel llynedd. Pan fu farw'i dad. Roedden nhw i gyd yn rhythu arno bryd hynny. Teimlai bron yn arwr. Yr hogyn heb dad. Teimlai'n ddewr. Hoffai gael marciau da er mwyn dychmygu'r athrawon yn dweud: Chwarae teg iddo fo. Bechod. Yn gwneud cystal a fynta newydd golli'i dad...

Gwyddai fod gan Miss Jones bechod drosto fo.

Miss Alys Jones ifanc, ddel. Ei athrawes Gymraeg. Ei hoff athrawes. Roedd ganddi ffordd annwyl o edrych arno ers talwm. Roedd hi'n amlwg fod arni ofn ei frifo, ofn tarfu arno. Roedd Rhydian yn hoffi hynny. Yn hoffi meddwl ei bod hi'n ei drin o'n wahanol i'r lleill. Gwyddai fod arni ofn sôn o flaen y dosbarth am bobol yn marw rhag ofn ei ypsetio fo. Roedd hynny bron yn chwerthinllyd oherwydd fe wyddai ei bod hi bron yn amhosib peidio â sôn am farwolaeth mewn gwersi Cymraeg! Gwyddai ei bod hi'n gwingo ar adegau felly, yn troi'r stori, newid thema er ei fwyn o. Roedd gwybod ei bod hi'n gwneud hynny'n gwneud iddo yntau deimlo'n sbesial. Yn gwneud iawn am y ffaith ei fod o'n wahanol.

Pe bai hi ond yn gwybod y gwir. Nid sôn am farwolaeth sy'n peri i Rhydian hiraethu am ei dad. Na, y pethau sy'n dal i ddigwydd o'i gwmpas o i'r bobol sy'n dal i fyw ac yn dal i anadlu sy'n dod â'r hiraeth yn donnau. Fel y tadau sy'n dod i wylio'u meibion yn chwarae mewn gêmau pêl-droed. Fel yr hogia sy'n brolio am y pysgod maen nhw'n eu dal hefo'u tadau ar benwythnosau. Dydi meddwl am feirdd fel Hedd Wyn yn oeri yn eu heirch erioed wedi mennu dim arno.

Ond erbyn hyn mae Alys Jones yn ymddwyn yn wahanol tuag ato. Byth oddi ar y diwrnod hwnnw y daeth Griff Morgan i'r wers yn ei lle hi.

"'Dan ni'n cael newid bach heddiw, Flwyddyn

Naw." Dyna ddywedodd Griff wrth y dosbarth. "Mi fydda i'n dod atoch chi heddiw i gael gweld pa mor weithgar ydach chi. Mae Miss Jones wedi canmol cymaint arnoch chi dydw i ddim yn siŵr a ydw i'n ei chredu hi, wir!"

Ei phryder dros Rhydian oedd wedi peri iddo ddod yno ond doedd o ddim am i'r plant wybod hynny. Sylwodd Rhydian ar y genod yn cynhyrfu'n ddel wrth edrych ar Syr. Yn wenau teg ac yn fochau pinc i gyd. A'r bechgyn yn cuddio'u balchder o gael y fath ganmoliaeth dan hanner-crechwenau. Sbio ar ei gilydd a sbio ar eu dwylo. Dim ond Rhydian oedd yn teimlo'n oer. Ar wahân. Er nad oedd o bellach yn cael ei drin yn wahanol i neb arall. Dyna oedd y broblem. Câi ei orfodi i ateb cwestiynau am ferch mewn cerdd a fu farw o effaith cyffuriau. Fe'i rhoddwyd mewn grŵp o dri i drafod ei hangladd oeraidd. A ddywedodd yr un ohonyn nhw wrth Griff yn ddistaw bach: "Syr, fedar Rhydian ddim gneud hyn achos bod ei dad o wedi..."

Doedd honno ddim yn wers braf i Rhydian. Doedd o ddim yn cael ei drin fel byddai Miss Jones yn ei drin. Ac o'r wers honno ymlaen mae Rhydian wedi rhoi'i gas ar Griff. Yn enwedig ac yntau newydd gael gwybod y bydd o'n cael ei symud i set Mr Morgan o heddiw ymlaen. Mae ei siom o orfod gadael Miss Jones yn gymysgedd o rwystredigaeth ac awydd i ddial. Oherwydd fod y teimlad yna o fod yn rhywun ‘sbesial’ wedi mynd am byth. Ond dydi Rhydian ddim i wybod nad Griff Morgan fydd yn dysgu’r wers heddiw. Mae o wedi cael syniad. Gwell syniad o lawer na sgwennu ar ffenest hefo’i fys. Mae o’n cofio sut oedd o’n teimlo yn y wers honno. Teimlo’n neb. Mae o’n cofio cario clecs i’w fam am Griff Morgan yn ei orfodi o, o bawb, i siarad am gnebryngau yn y wers Gymraeg. Hithau’n sbeitlyd yn ei galar yn ateb yn hallt ei bod hithau wedi clywed pethau digon amheus am hwnnw… Mae Rhydian yn gwybod yn iawn beth mae o’n mynd i’w wneud.

Mae dosbarth Cymraeg Griff Morgan yno ar eu pennau eu hunain am ddeng munud da heb oruchwyliaeth. Dydyn nhw ddim yn gwybod eto beth sydd wedi digwydd. Nad ydi o ddim yn dod. Mae’r sŵn yn fyddarol. Eistedda Rhydian Lewis yn y rhes flaen a’r adrenalin yn pwmpio. Mae’n llygadu’r pin sgrifennu mawr du ar ddesg yr athro ac yn teimlo’i bledren yn gwingo. Gwthia’r angen am y toiled o’i feddwl. Nerfau ydi hynny. Yng nghanol yr holl halabalŵ does neb yn sylwi arno nes ei fod o wedi gorffen sgwennu’r llythrennau breision duon ar draws y bwrdd gwyn. Erbyn hyn mae hi’n rhy hwyr. Cyrhaedda Rhydian ei sedd fel mae’r drws yn agor. Ond nid Griff Welsh sydd yna. Teimla Rhydian gyfog yn ei wddw. Deil y dosbarth eu hanadl fel un.

Try Rhian Preis i weld beth yw’r rheswm dros y gwenau od a’r piffiadau o chwerthin sy’n dod o blith y disgyblion. Dydi hi ddim yn deall mai nerfusrwydd ydi o. Yr unig beth sy'n ei tharo hi ydi malais y geiriau tu ôl iddi. Dydi hi'n dweud dim byd. Dydi hi ddim hyd yn oed fel pe bai hi'n cymryd arni ei bod wedi gweld y geiriau 'GRIFF WELSH IS GAY' heb sôn am eu darllen. Gydag un symudiad o'r chwalwr yn ei llaw mae hi'n dileu'r llythrennau. Mae'r tawelwch yn groen dros bopeth, fel gweddillion hen falŵn. Pe bai Rhian Preis ddim ond yn gwybod, mae hi wedi gwneud argraff ryfeddol ar y dosbarth trwy ddelio â'r peth fel hyn. Mae'r plant ar ei hochr hi. Ond ŵyr hi mo hynny. Ac â'r wers yn ei blaen yn herciog heb i neb deimlo eu bod nhw wedi ennill dim.

Ar y ffordd allan ar ganiad y gloch mae yna ffrwgwd yn ymyl y drws. Dau neu dri o fechgyn ac ambell un o'r genod yn hisian eu cefnogaeth i'r hyn sy'n digwydd. Mae hi fel pe baen nhw'n trio rhwystro un bachgen tal, gwelw rhag mynd heibio. Mae 'na faglu a chicio a sŵn llawes yn rhwygo ac yn sydyn mae'r bachgen tal ar ei ben ei hun mewn stafell ddosbarth wag hefo dim ond y geiriau mae o newydd eu clywed yn gwmni iddo:

"Symud o'r ffordd, y wancar dwl. Chdi di'r unig un sy'n gê yn fama! Dallt?"

Rhian Preis

Roedd Ifan John wedi fy mhenodi i'n Bennaeth Adran dros dro yn absenoldeb Griff.

"Ac mi gei di'r cyflog hefyd," meddai, a rhoi winc arna i. Ond yn rhyfedd iawn, nid hynny oedd flaenaf yn fy meddwl i. Go iawn. Mi faswn i wedi gwneud y job am ddim pe bai hynny'n golygu y câi Griff unrhyw gysur o wybod fy mod i'n cadw petha i dician drosodd yn iawn tra oedd o i ffwrdd. Doedd Alys ddim yn bles ond roeddwn i'n disgwyl hynny. Mi ges i ryw foddhad o wybod fod y ffaith ei bod hi'n gorfod fy nghydnabod i fel bòs yn ei chorddi hi'n lân.

Roedd yr wythnos gyntaf heb Griff yn anodd. Cerddais i mewn i'w ddosbarth o un bore, criw cegog Blwyddyn Naw. Roedd yna ryw anesmwythyd rhyfedd ymysg y plant – rhyw ddigywilydd-dra bron, er eu bod nhw i gyd yn hollol ddistaw. Roedden nhw'n edrych yn bowld i gyfeiriad tu blaen y dosbarth lle'r oedd y bwrdd gwyn, a'r llythrennau mawr blêr fel rhwygiadau cyllell mewn cynfas: GRIFF WELSH IS GAY.

Am y tro cyntaf mewn bron i ugain mlynedd o ddysgu, wyddwn i ddim be i'w wneud.

Beca

Am ryw reswm, nid am yr heddlu feddyliais i'n gyntaf, ond am Griff. Roedd o'n athro yn yr ysgol 'na, yn doedd? Pe bawn i'n rhoi'r wybodaeth iddo fo am Huw Salisbury, efallai na fyddai dim rhaid i'r heddlu gael gwybod dim amdana i. Ia, wn i. Croen cachwr. Wyddwn i ddim beth oedd rhif ffôn Griff, a doeddwn i ddim isio mynd i'r ysgol i'w weld rhag tynnu sylw. Ond gwyddwn lle'r oedd o'n byw. Gallwn roi nodyn drwy'r drws hefo fy rhif i arno a gofyn iddo gysylltu.

Roeddwn i wedi diffodd fy mobeil y noson roeddwn i fod i gyfarfod â Huw rhag iddo drio cysylltu i ofyn beth oedd wedi mynd o'i le. Chysgais i ddim winc y noson honno o wybod bod yna becyn o gyffuriau yng ngwaelod fy wardrob. Beth pe bai Huw, er mwyn dial, yn dweud wrth yr heddlu fod gen i ddrygs yn fy meddiant? Byddai rhywbeth felly'n nodweddiadol ohono fo. Gorweddais fel corff dan ddillad y gwely, yn methu cynhesu, yn dychmygu rêd ar y tŷ a chael fy llusgo i ffwrdd yn fy nghoban i gael fy nghroesholi.

Beth oedd y ddedfryd am fod â chyffuriau yn y tŷ? Doedd hi ddim fel pe bawn i fy hun yn delio ynddyn nhw, nag oedd? Byddai'r heddlu'n deall, yn enwedig pan fasen nhw'n gweld y llun… Roedd fy meddwl yn gybolfa wyllt o ofnau ac amheuon. Ac eto... Roedd yna werth gormod o arian yn y pecyn hwnnw i Huw wneud rhywbeth mor fyrbwyll. Aros oedd o. Am hynny a wyddai Huw, efallai mai bai Cunningham yn Llundain oedd y cyfan. Efallai mai Cunningham fethodd â chadw'i ran o o'r fargen am unwaith. Dyna, mae'n debyg, a feddyliai Huw. Disgwyliais glywed ffôn y tŷ'n canu yn oriau mân y bore... Neu ffôn Non. Aeth yr oriau heibio. Dim byd. Roedd rhan ohono i'n teimlo rhyddhad a'r rhan arall yn foddfa o chwys oer. Roedd hynny, wedi'r cyfan, yn arbenigedd gan Huw – gwybod sut i wneud i bobol chwysu.

Pan gyrhaeddais dŷ Griff cefais beth syndod o weld nad oedd o wedi mynd i'r ysgol. Un ar ddeg yn y bore oedd hi. Roedd sŵn y radio'n byrlymu drwy'r ffenest agored yn arwydd nad oedd o'n cysgu, ac eto roedd yn cyferbynnu'n anghyfforddus â'r distawrwydd drwy weddill y tŷ. Wrthi'n sefyll yno'n pendroni a oedd gen i'r gyts i ganu'r gloch oeddwn i pan agorodd Griff y drws. Os oedd o'n synnu fy ngweld i yno'r adeg honno o'r bore, yr holl ffordd o Lundain, a ninna heb gael sgwrs gall ers blynyddoedd maith, ddangosodd o mo hynny. Ddywedodd o ddim byd, dim ond gwneud arwydd i mi ei ddilyn i'r tŷ. Cofiais y diwrnod cyntaf hwnnw yn yr ysgol gynradd. Y ddealltwriaeth ddieiriau fu rhyngom ers cyn cof. Chwalodd y blynyddoedd yn llwch. Bron na fyddai hi wedi teimlo'n berffaith iawn pe bawn i wedi mynd i estyn bocs o Lego a mynd i eistedd dan y ffenest i'w roi at ei gilydd, fi'n pasio'r darnau, Griff yn adeiladu.

"Glywist ti felly?" meddai Griff. Roeddwn i wedi ei ddilyn yn ddiwahoddiad drwodd i'r gegin. Siaradodd â'i gefn ataf, gan ei brysuro'i hun hefo tecell a chwpanau.

"Y cyffuriau? Wel, do. Dyna pam..."

"Na, nid hynny. Dwi adra o 'ngwaith am gyfnod amhenodol."

"Be sy wedi digwydd?"

"Stres."

"Dwi'm yn synnu," medda fi. "Faswn i ddim yn gneud dy job di am bensiwn. Wn im sut dach chi athawon yn dal, wir Dduw."

"O, mae yna ddigon yn barod i weld bai arnan ni, cred ti fi." Gwenodd Griff un o'i wenau cam am y tro cynta'r bore hwnnw. "Deud ein bod ni'n cael gormod o wyliau yn un peth. Does na'r un ohonyn nhw'n sylweddoli fod y gwaith paratoi a'r marcio yn parhau tan un ar ddeg y nos yn rheolaidd, gwyliau neu beidio."

"Meddwl am drio controlio'r ffernols yn ystod y dydd ro'n i," medda finna, a'i olygu o. Yn ôl y straeon roeddwn i wedi eu clywed gan wahanol ffrindiau sy'n athrawon, am y powldrwydd a'r ateb yn ôl a hyd yn oed yr ymosodiadau, mi fyddai'n well gen i weithio mewn sŵ.

"Dydyn nhw ddim yn ddrwg i gyd," meddai Griff yn hael. "A deud y gwir, nid y job ei hun sydd wedi gwneud hyn i mi. Pethau eraill." Tywalltodd ddŵr berwedig i'r cwpanau gan wneud yn siŵr ei fod o wedi troi'i gefn arna i eto. "Fy mywyd personol i sy'n shit, os oes raid i ti gael gwbod. Fedra i ddim canolbwyntio ar fawr o ddim byd arall ar hyn o bryd."

"Wyt ti isio i mi ofyn?"

"Dibynnu oes gen ti fynadd i wrando."

Doedd ei artaith yn ddim gwahanol i unrhyw ddau gariad yn y byd nad oedd dyfodol iddynt, dim ond mai bachgen arall oedd pia calon Griff ac nid merch. Doedd clywed fod Griff yn hoyw ddim yn sioc. Bu'r tynerwch, y rhan fenywaidd o'i gymeriad, yn elfen gref o'i bersonoliaeth erioed. Dim ond nad oeddwn i wedi meddwl rhyw lawer am y peth cyn hynny. Fel y goeden fawr honno fu'n tyfu tu allan i ffenest fy stafell wely i pan oeddwn i'n blentyn. Sylweddolais i ddim pa mor amlwg oedd hi nes i Dad dorri'i brigau hi'n egar un haf a dinoethi'r ffenest i gyd. Roedd hi felly hefo Griff. Wrth iddo yntau ddinoethi ei deimladau mwyaf cudd y gwelais innau am y tro cyntaf yr hyn y gwyddwn ei fod yno ers amser maith.

Dim ond ar ôl y drydedd, y bedwaredd baned y magais ddigon o blwc i ofyn pwy oedd yr hogyn oedd wedi gwneud y fath dolc yng nghalon Griff.

"Dafydd ydi'i enw fo." Llyncodd yn galed cyn rhoi'r darlun i mi'n gyflawn. "Dafydd Salisbury. Mab fy nghyn-brifathrawes i. Duw a ŵyr be fasa hi'n ei ddeud. "

Ond roeddwn i wedi stopio gwrando. Rhewodd f'ymennydd ar un gair. Un cyfenw. Salisbury...

"Nid... nid brawd Huw...? "

Ac roedd gen i ofn ei ateb oherwydd fy mod i'n gwybod be fasa fo.

"Sut wyt ti'n nabod Huw Salisbury?" Daeth rhyw olwg wyllt i'w lygaid o, fel anifail wedi'i gornelu.

"Mae o'n mynd allan hefo Non, fy chwaer."

Doedd dim modd darllen yr olwg ar ei wyneb o wedyn. Roedd y frawddeg honno wedi hollti'r ymddiriedaeth oedd rhyngon ni am ennyd, fel cyllell finiog yn llosgi drwy gnawd. Dim ond wedyn y teimlais frath fy ngeiriau fy hun, geiriau digon diniwed yn y bôn, ac eto, i Griff, roedd pob un cyn futred â rheg. Y cyfan oedd gen i rŵan oedd fy nagrau i fy hun i'w tywallt i'r briw.

"Beca, paid. Be sy?" Ei garedigrwydd oedd y peth gwaethaf. Fy nhro i oedd cyfadda.

A chael ysgytwad fy hun. Roedd yna rywun wedi dweud wrth Griff eisoes am Huw a'i fusnes aflan. Y peth anoddaf oedd bod yn onest hefo fo ynglŷn â fy rhan i fy hun yn y llanast 'ma. Roedd o'n haeddu cymaint â hynny, o leiaf.

Huw

Ma'r drygis 'ma i gyd 'run fath. Mi werthan eu neiniau am ffics. Pan ddaeth y Dylan wirion 'na allan o'r ysbyty roeddwn i'n barod amdano fo. O, yn y ffordd clenia' posib wrth gwrs. Doedd dim isio bygwth dim. Wel, mi fasa hynny wedi'i ddychryn o, yn basa?

"Ddudish i'm byd wrth y cops, no wê!"

Roedd y creadur diawl bron â gwneud ei lond o.

"Wn i, Dyl, wn i. Cŵl hed, boi. Mond isio rhoi hwn i ti. Presant bach i ddeud 'brysia wella', yli."

Mi oeddwn i newydd brynu Big Mac iddo fo ac mi oedd o wedi cael reid mewn car crand o'r ysbyty. Y bastad bach wedi dechrau meddwl ei bod hi'n Ddolig hyd yn oed cyn i mi roi'r stwff iddo fo. Ond mi oedd o wedi dechrau fy nhrystio fi eto. Pris bach i'w dalu.

Roedd yna ddigon o gic yn y bag 'na i lorio ceffyl gwedd. Gwerth ceiniog neu ddwy ond eto roedd o'n bris rhad i'w dalu am fy rhyddid. Fyddai Dyl Bach Drygi ddim yn siarad ar ôl hyn. Hefo neb. Byth. Roedd hi fel rhoi slabyn *Dairy Milk family size* i ddynes ar ddeiet. Dim ond disgwyl i Dyl orffen mwynhau ei 'bresant' oedd rhaid i mi.

Roedd gen i bechod dros y diawl anffodus fyddai'n cael hyd iddo fo wedyn. Fyddai hi ddim yn olygfa ofnadwy o neis. Ond wedyn, doedd jêl ddim yn lle ofnadwy o neis chwaith. A doeddwn i ddim yn bwriadu mynd i fanno oherwydd nad oedd drygi bach budur ddim yn gwybod sut i gau'i geg. Efallai nad oedd o wedi dweud wrth yr heddlu, ond mater o amser yn unig fyddai hi cyn iddo fo sbragio wrth rywun arall.

A dydw i ddim wedi arfer cymryd tsiansys.

'Rysgol

Iard chwarae. Ond does yna ddim chwarae heddiw. Heddiw mae'r coridorau'n annaturiol o ddistaw er eu bod yn llawn plant fel arfer. Yn llawn bywyd. Ond yng nghanol yr holl fywyd mae marwolaeth, yn taenu'i gysgod dros bopeth fel ambarél yn cau'r haul allan. Pob llygedyn. Pob adlewyrchiad. Ambarél ddu ydi hon. Ac o dan ei hadenydd mae'r disgyblion a'r athrawon yn dysgu dygymod â cholli un o'u plith. Dim ots mai aderyn brith ydoedd, pac o drwbwl, poen. Heddiw mae pawb yn ei gofio fel un ohonyn nhw. Mae pob un, o'r plentyn ieuengaf i'r hynaf yn yr ysgol, wedi sobreiddio drwyddo. Oherwydd nad yw Angau'n torri cnau gweigion. Does yna ddim chwarae oherwydd nad gêm yw hon.

Mae Ifan John yn ei swyddfa, yn melltithio Rita Salisbury unwaith yn rhagor am ymddeol yn rhy fuan. Mae angen rhywun cryfach na fo i wneud y job yma bob dydd heb ddechrau colli'i bwyll.

Heddiw bu rhaid iddo gyhoeddi yn y gwasanaeth wrth yr ysgol gyfan fod Dylan Hughes wedi marw oherwydd iddo gymryd cyffuriau a hynny ddau diwrnod yn unig ar ôl cael ei ryddhau o'r ysbyty. Doedd dim angen pregeth. Gadawodd pob plentyn y neuadd heb yngan gair a dychwelodd Ifan John at ei ddesg ond eisteddodd o ddim. Yn hytrach croesodd yr ystafell ac agor y ffenest er mwyn rhyddhau'r llaw a ddaliai ei sigarét. Teimlai'n brafiach, dim ond yn sefyll yno.

Ni fu erioed yn gwbwl gyfforddus yng nghadair Rita Salisbury.

Huw

Un o'r petha brafia' ynglŷn â chael fflat ar y llawr ucha ydi gallu edrych i lawr a gweld pawb yn cyrraedd heb iddyn nhw fod yn gwybod eich bod chi'n dilyn eu camau nhw. Gwneud i rywun deimlo bron fel deryn. I fyny fry'n sbio i lawr a neb yn medru'ch cyffwrdd chi. Rhydd. Pwerus. Cyfrwys.

Ond yn rhyfedd iawn, doeddwn i ddim yn teimlo'r un o'r pethau hynny pan edrychais i lawr a gweld Griff Morgan yn croesi'r maes parcio preifat ac yn anelu i gyfeiriad y brif fynedfa. Sut gwyddai'r diawl hwnnw lle'r oeddwn i'n byw? Roedd o wedi bod yn gwneud ei orau glas i f'osgoi i ers dyddiau coleg ac roedd hynny'n fy siwtio i'n iawn. Pwffdar bach. Roedd o'n gwybod ei le. Yn gwybod ers blynyddoedd pwy oedd y bòs. Felly oeddwn innau'n licio cadw pethau. Hefo pawb. Gofalu mai gen i oedd y llaw ucha bob tro. Fedar pobol mo'ch brifo chi wedyn. Unwaith maen nhw'n gweld gwendid, maen nhw'n cymryd mantais. Mi welais i wendid Griff flynyddoedd yn ôl. Mi weithiodd hynny'n handi iawn. Fo wnaeth fy ngwaith coleg i i gyd. Wel, y stwff oedd yn cyfri. Doedd gen i ddim defnydd i Griff wedyn wrth gwrs. Roeddwn i wedi cael yr hyn oeddwn i ei isio, yn doeddwn? Ond doedd o ddim i wybod hynny, nag oedd? Ac mi gadwodd o fy ffordd i wedyn.

Tan rŵan. Rŵan roedd o'n dod i chwilio amdana i. Y mochyn bach yn dod i ymweld â'r blaidd. Pa synnwyr oedd yn hynny?

Yna mi edrychais i lawr wedyn a gweld Beca.

Beca

Pan agorodd Huw ddrws y fflat roedd ei wyneb yn gwlwm difynegiant. Roeddwn i wedi bod yma o'r blaen ond doedd hynny ddim yn gwneud pethau'n haws. I'r gwrthwyneb. Teimlais y waliau'n cau fel rhwyd amdanaf. Trodd Huw i edrych ar y ddau ohonon ni, ei gefn at y ffenest banoramig. Tu ôl iddo gallwn weld staen ola'r machlud a mastiau'r cychod hwylio yn y marina islaw'n goedwig gymesur, ddu yn yr hanner gwyll.

"Be sy, Ty'n Llan? Be tisio? Sws?" Gwenwyn o wên oedd hi. "Ta wyt ti wedi dechra batio i'r tîm cywir o'r diwedd?" Hyn ag edrychiad arna i a wnâi i mi deimlo'n noeth.

"Ma gin ti le braf yma, Huw." Roedd llais Griff yn llyfn, yn wastad. Mor wastad fel bod tinc bygythiol ynddo.

"Paid â dechra malu cachu. Dwyt ti ddim yma i roi compliments i mi ar fy newis o liwiau!"

"Na, wedi dod yma i ddeud wrthat ti ei bod hi'n hen bryd i ti ddangos dy liwiau dwi – i bawb o bobol y dre 'ma!"

Trodd syndod Huw o glywed Griff yn ei herio yn rhywbeth arall, mwy sinistr ar amrantiad.

"Be ti'n feddwl?"

"Ma hi'n iawn i bawb wybod nad dy gyflog di gan

Morris Associates yn unig sy'n talu am fflat moethus yn y marina 'ma. Nid bod y gwaith ti'n ei wneud i'r rheiny'n hollol gyfreithlon chwaith o be dwi'n ei glywed."

Daliai Griff i siarad yn dawel, bron fel pe bai o'n trafod y tywydd. Roedd hi fel pe na bai ots ganddo rŵan am Huw. Fel pe na bai ofn dim arno bellach.

"Ac ydi be ti wedi ei glywed yn cynnwys antics hon yn fama?" Yn llais Huw oedd y panig. "Yn cario drygs o Lundain…!"

"Dim ond am dy fod ti'n ei blacmelio hi. A fedrat ti ddim hyd yn oed gwneud hynny'n iawn. Llun Non oedd o. Am faint oeddet ti'n meddwl y gallet ti ei thwyllo hi hefo cynllun mor dila, Huw? Ond dyna fo, un dwl fuost ti erioed!"

Roedd Griff wedi gwthio pethau'n rhy bell. Roeddwn i'n adnabod yr olwg yna ar wyneb Huw. Golwg dyn sydd ddim wedi arfer â chymryd ei drechu. Neidiodd i goler Griff a'r poer yn tasgu o'i geg:

"Gwranda di arna i'r Meri Jên uffar…!"

A dyna'r cyfan y cafodd o gyfle i'w ddweud. Roedd y glec yn annaearol. Bu'r distawrwydd a'i dilynodd yn gryndod uffernol am rai eiliadau. Drwy'r ffenest fawr gwelais y cyfan yn digwydd cyn i mi allu agor fy ngheg. Car yn hyrddio rownd y tro ar yr allt oedd yn arwain i lawr at faes parcio'r fflatiau. Car yn cael ei yrru gan wallgofddyn. Gan rywun na faliai pe bai'n ei ladd ei hun.

Gollyngodd Huw ei afael yn Griff. Welais i erioed wyneb neb yn troi'i liw mor sydyn. Nid oherwydd ei fod wedi gweld damwain a oedd o bosib yn angeuol. Roedd o'n adnabod y car. Un gair ynganodd o, un gair cryg wedi'i ollwng o'i berfedd fel gwynt yn cael ei ollwng o deiar.

Un chwistrelliad gorffwyll o air gan ddyn oedd yn methu anadlu:

"Dafydd!"

Rita

Tra oedden ni i gyd yn disgwyl i'r doctor ddod aton ni hefo newyddion am gyflwr Dafydd, daeth yr heddlu i'r ysbyty i nôl Huw. Yr unig ffordd y llwyddais i ddygymod â hynny heb golli 'mhwyll oedd gwybod fod yn rhaid i mi aros yn gryf er mwyn Dafydd. Pan gyrhaeddodd y doctor roeddwn i eisoes mewn rhyw fath o barlys. Yn gweld dim. Teimlo dim.

"Dydi'r rhagolygon ddim yn dda." Eisteddodd y doctor gyferbyn ag Emrys a fi fel petai pwysau'r hyn oedd ganddo i'w ddweud yn rhy drwm iddo allu sefyll. "Mae Dafydd ar beiriant cynnal bywyd ar hyn o bryd. Yr unig obaith sydd ganddo o ddod drwy hyn ydi cael aren newydd."

Roedd hi fel pe bai fy nghalon i wedi codi i fy llwnc, yn fy mygu.

"Cymrwch f'un i, cymrwch y ddwy…!"

"Mrs Salisbury, dwi'n dallt yr hyn dach chi'n ei ddweud ond nid fel'na mae pethau'n gweithio. Rhaid gwneud profion ar y ddau riant, y teulu agosaf i gyd, cyn cael y matsh gorau. Mae posibilrwydd na fyddai'ch aren chi'n gymwys er mai chi ydi'i fam o…"

Pan welais Emrys yn nodio'i ben yn araf roedd hi fel pe bawn i'n cael fy hitio gan don anferth. Ton oedd yn mynd â fy anadl i. Ton a fyddai'n chwalu popeth. Fedrwn i ddim gadael i Emrys fynd drwy'r holl brofion meddygol yma gan wybod nad oedd diben i'r un ohonyn nhw. Gan wybod nad oedd aren Emrys yn gymwys, na'r un dim arall oedd ganddo.

Hon oedd fy nghosb. Fy mhenyd. Am gario baich fy nghyfrinach ers yr holl flynyddoedd. Am dwyllo. Fel pe na bawn i'n dioddef digon. Ond doedd gen i ddim dewis.

Rŵan, yn y fan hyn, cyn i bethau fynd gam ymhellach, roedd yn rhaid i mi ddweud wrth Emrys nad oedd o'n perthyn yr un dafn o waed i Dafydd, ei fab.

Emrys

Pan ddywedodd Rita wrtha i nad fi oedd tad Dafydd, roedd pob gewyn, pob gwythïen, pob synnwyr oedd yn perthyn i mi yn ymladd yn erbyn credu hynny. Roedd hi'n dweud rhywbeth nad oedd o'n teimlo'n wir. Ac mewn ffordd ryfedd, doedd yr hyn ddywedodd hi ddim yn newid dim ar fy nheimladau tuag at Dafydd na thuag ati hithau. Y gwir oedd nad oedd gen i'r un rhithyn o deimlad ar ôl tuag at Rita erbyn hynny. O, oeddwn, roeddwn i'n gandryll ei bod hi wedi fy nhwyllo i cyhyd ond nid hynny oedd yn brifo rŵan. Yr hyn oedd yn brifo oedd na fedrwn i fod o unrhyw iws i Dafydd ac yntau gymaint o f'angen i.

A dweud y gwir, doedd yr un ohonon ni fawr o iws iddo fo yn y diwedd. A'r eironi oedd y gallai Rita fod wedi osgoi'i chyfaddefiad mawr wedi'r cyfan.

Mae bywyd yn rhy greulon weithiau.

Rita

Emrys welodd Griff Morgan yn cyrraedd. "Dwi'n mynd i nôl paned o de," meddai'n swta. Chynigiodd o'r un i mi. Dyna'i fraint o, mae'n debyg. Wedi'r cyfan, roeddwn i newydd ei lorio fo hefo newyddion nad ydi'r dyn yn haeddu eu clywed a hynny dan yr amgylchiadau mwyaf erchyll posib. Dafydd rhwng byw a marw a finnau'n cael fy ngorfodi i ddweud wrth Emrys nad fo oedd ei dad biolegol o. Wn i ddim wna i byth brofi'r fath wewyr eto.

Cerddodd Emrys heibio Griff heb ei gydnabod. Roedd fy mhen i wedi dechrau troi.

"Sut ma Dafydd?" meddai'i lygaid o. Roedd y distawrwydd yn llwythog yn yr ystafell aros fach honno, yn gwasgu, gwasgu, yn dal ar f'anadl i.

"Mae o angen aren newydd."

"Mi welais i'r ddamwain," meddai Griff yn dawel. "Mae hi'n wyrth ei fod o'n fyw o gwbwl."

Tu allan i'r marina? Yn ymyl fflat Huw? Beth oedd Griff yn ei wneud...?

"Chi," medda fi. Roedd ynganu mwy nag un sill yn ormod o ymdrech. Llyncais ond doedd gen i ddim poer yn fy ngheg. Trio wedyn. "Chi riportiodd Huw i'r heddlu."

Anadlodd yn drwm. Eistedd. Rhoi'i ben yn ei

ddwylo. Roedd yr ystafell fechan yn ein mygu ni'n dau.

"Naci. Beca ddaru. Beca, chwaer Non."

"Beca?"

"Mi oedd o'n ei blacmelio hi, Rita."

"O, Dduw Mawr!" Torrodd yr argae tu mewn i mi. Fedrwn i ddim dal mwy. Cydiodd Griff yn fy llaw ond fedrwn i ddim caniatáu i mi fy hun gymryd unrhyw fath o gysur o hynny chwaith. Nid â'r hyn oedd gen i i'w ddweud wrtho'n pwyso mor drwm arna i. Wyddwn i ddim sut i agor fy ngheg. Ac yna dychwelodd Emrys.

"Wel, wyt ti wedi deud wrtho fo?"

"Emrys… plîs…"

"Mae'n rhaid i ti, Rita!" Nid sbeit oedd o. Nid isio dial. Poeni am Dafydd oedd o. Pryder tad. Roedd y gwpan de blastig yn crynu yn ei law o.

"Deud be?"

Fedrwn i ddim gweld ei wyneb o'n iawn trwy'r niwl poeth oedd yn cymylu fy llygaid i.

Elin

Doedd hi ddim yn anodd cael ffleit adra ar frys, diolch i Dduw. Dad oedd yn disgwyl amdana i ym Manceinion, ei wyneb fel y galchen.

"Pam na fasa Huw wedi dod?" medda fi'n syth. "Er mwyn i chi gael aros efo Mam?"

Dyna pryd ces i wybod ei fod o wedi cael ei arestio am ddelio mewn cyffuriau, ymysg pethau eraill.

"Blydi hel, Dad!"

"O, Elin," medda fo. Cydiodd yn fy nwylo wedyn, fy ngwasgu ato. Roedd ei ysgwyddau'n teimlo mor fregus. "Does gen ti mo'r syniad lleiaf."

Dros baned y dywedodd o wrtha i. Coffi maes awyr. Rhy gry. Rhy boeth. Y blydi llefrith cogio 'na. Roedd y lle'n berwi o bobol ac eto doedd yna neb arall yno ond ni'n dau.

"Mi gafodd dy fam affêr flynyddoedd yn ôl."

"Be?"

"Nid fi ydi tad Dafydd."

Mi gerddon ni at y car yn araf bach, ein pennau i lawr fel pe baen ni'n brwydro'n erbyn storm. Roedden ni i gyd yn barod i aberthu unrhyw beth er mwyn achub bywyd fy mrawd bach. Byddai Dad wedi rhoi'i fywyd ei hun. Ond yn fiolegol, doedd ei gyfraniad o'n werth dim. Roedd y cyfan yn dibynnu ar berthnasau gwaed: fi, Huw, Mam.

A'r hanner brawd oedd gan Dafydd.

Rita

Newydd da oedd o. I fod. Wel, ia, wrth gwrs ei fod o'n dda. Gwell na da. Roedd gobaith i Dafydd.

"Mae aren ar gael, Mrs Salisbury." Roedd llygaid y doctor yn daer. "Mi fydd yma o fewn awr. Gwyrth. Mae'n ymddangos yn berffaith ar gyfer eich mab. Ond does dim amser i'w golli."

Arwyddais y ffurflenni â llaw grynedig. Bu damwain moto-beic angeuol yn ochrau Caer. Hogyn ifanc fel Dafydd. Heddiw roedd yna deulu arall mewn galar a Dafydd yn cael ail gyfle. Roedd y pris yn uchel.

Roedden nhw newydd fynd â Dafydd i lawr i'r theatr pan gyrhaeddodd Elin a'i thad.

"Elin! O, 'mechan bach i, newyddion da. Maen nhw wedi cael aren i Dafydd... Fydd dim angen i ti na Huw ddiodda unrhyw lawdriniaeth rŵan..." Na Griff. O, Dduw, na Griff chwaith. Hynna i gyd...

Estynnais fy mreichiau iddi ond safodd yno fel delw.

"Diodda ddudist ti, ia, Mam?" Ei hwyneb hi. Mor wyn. "Mae 'na wahanol fathau o ddioddefaint. Mi fasa'n well gen i fod wedi gorfod diodda mynd dan y gyllell ddwywaith, dair – ddwsin o weithiau – na gorfod clywed y cyfan oedd gan Dad i'w ddweud wrtha i pan gyrhaeddais i!"

“Elin, paid.” Roedd ei chasineb yn ormod i mi. Châi hi ddim siarad fel’na hefo fi. Fi oedd ei mam hi. Roeddwn inna’n blydi diodda. Pwy oedd hi’n ei feddwl oedd hi? “Mae Dafydd yn gorwedd rhwng byw a marw a’i unig obaith ydi aren hogyn arall gafodd ei ladd heddiw. Mae gobaith i Dafydd dim ond am fod yna ryw fam arall druan yn ochrau Caer rŵan a’i bywyd hi wedi’i chwalu’n racs.”

“A faint o fywydau wyt ti wedi eu chwalu heddiw, Mam, dim ond trwy agor dy geg?”

Dyna pryd y trewais hi ar draws ei hwyneb. Roedd hi fel pe bawn i wedi tanio gwn. Edrychais i’w hwynebau – y ddau ohonyn nhw. Elin a’i thad. Doedd eu casineb nhw’n ddim ond sglein gwydrog mewn dau bâr o lygaid. Yr un llygaid. Ond bellach doedd o ddim yn fy nghyffwrdd i.

Roedd bywyd Dafydd yn y fantol, a doedd dim byd arall ar wyneb y ddaear yn bwysig bellach.

Non

"Dwi'n falch bod Dafydd yn gwella, Em."

"Wyt, 'mach i, dwi'n gwbod."

Cydiodd y gwynt yn nefnydd ei grys o, yn fy ngwallt inna. Roedd hi'n oer i fyny yma. Oer a braf. Dim ond ni. Yn sbio i lawr ar adeiladau'r dre' a'r ceir ar y lôn bost fel teganau plant. Closiais ato, nythu yn ei wres. Roedd yntau wedi bod drwy'r felin yn ystod y misoedd diwethaf. Rhoddodd ei fraich amdana i. Cydio'n dynn.

"Dwi'n mynd i ddweud wrthi, Non."

"Be?"

"Dweud wrth Rita. Amdanon ni."

"Ond..."

"Mae Dafydd yn gwella rŵan. Ti newydd ddweud hynny dy hun."

"Ti'm yn meddwl dylen ni aros dipyn eto? Dim ond nes bydd..."

"Nes bydd be? Nes bydd Dafydd wedi cael ei tsiec-yp ola yn yr ysbyty? Nes bydd Huw wedi dod allan o'r carchar..."

Doedd yr un o'r ddau ohonon ni wedi bwriadu sôn am Huw. Meddalodd llais Em.

"Dwi isio treulio gweddill fy nyddiau hefo chdi," meddai, "a does gan Rita fawr o ddewis ond derbyn hynny." Ochneidiodd. Edrych allan. Roedd y mynyddoedd dan garthen o gwmwl. "Fedar hi, o bawb, ddim gweld bai arna i bellach. Ma isio deryn glân i ganu, wedi'r cwbwl."

Deryn glân i ganu. Dyna'n union a ddywedais i wrth Mam pan oedd hi'n tantro ynglŷn ag Emrys a finna. Oedd, roedd isio deryn glân. Ond roedd hi'n goblyn o job cael hyd i un o'r rheiny.

Mae adar glân yn betha prin.

Rita

ROEDD HI'N YMDDANGOS nad oedd Huw isio siarad hefo fi chwaith. Ddim hyd yn oed Huw ar ôl y pethau oedd o wedi eu gwneud. Roedd o wedi anfon 'fisiting order' i bawb o'r teulu ond i mi. Yr eironi oedd fod y lleill wedi gwrthod mynd. Mi sgwennais i ato fo. Crefu arno fo. Fi oedd ei fam o, wedi'r cwbwl. Plîs, Huw, gad i mi ddod... A'r eironi mwyaf un oedd ein bod ni'n dau erbyn hynny ar drugaredd ein gilydd am nad oedd neb arall ein hisio ni.

Nid drwy'r twll llythyrau y cyrhaeddodd yr amlen ac enw'r carchar arni mewn llythrennau breision. Roedd postman newydd wedi rhoi'r llythyr yn y tŷ anghywir a phan ganodd un o'r cymdogion gloch drws y ffrynt gan ddal yr amlen rhwng ei bys a'i bawd fel pe bai hi'n llawn cachu ci, roedd fy nghywilydd yn gyflawn.

Dwi wedi cael fy ngorfodi i wneud petha anodd a Duw ei hun a ŵyr, dwi wedi tynnu'r rhan fwyaf ohonyn nhw ar fy mhen fy hun. Ond freuddwydiais i erioed y byddai unrhyw beth yn gallu bod yn anos nac yn fwy poenus na chadw gwylnos wrth erchwyn gwely Dafydd. Roeddwn i'n anghywir, fel dwi wedi bod yn anghywir ynglŷn â'r rhan fwyaf o betha.

Dwi ddim yn siŵr beth oeddwn i wedi'i ddisgwyl. Sut oeddwn i'n disgwyl i Huw fod. Mae'n debyg mai'r Huw arferol roeddwn i'n disgwyl ei weld. Yr hen draha. Y brafado. Ac roedd gen i ofn ei gasineb o. Roedd o yn llygaid y lleill – Elin, Emrys. A hyd yn oed Dafydd. Ond roedd mwy o siom yn llygaid Emrys, a hwnnw'n brifo'n waeth am ei fod yn trio mor galed i'w guddio. Welais i mo llygaid Huw ers y diwrnod yr aethon nhw â fo i ffwrdd.

Dim ond ar y teledu roeddwn i wedi gweld pobol yn ymweld â charchardai. Dyna wnaeth i mi boeni am bobol eraill – carcharorion a'u perthnasau – yn troi i edrych arna i wrth i mi gerdded i mewn. Pobol arw, ymosodol, yn datŵs drostynt. Ffieiddiais wedyn at fy hunanoldeb. Nid fi oedd yn bwysig, naci?

Y peth cyntaf ddaru fy nharo i oedd pa mor gyffredin yr edrychai pawb. Roedd hi bron fel ystafell aros mewn ysbyty. Pawb yn cuddio'r un doluriau ond neb isio'u trafod. Nid mamau caled ac olion nodwyddau yn eu breichiau oedden nhw. Cywilyddiais fy mod i wedi meddwl y fath beth yn y lle cynta. Roedd y wraig a gododd i fynd drwy'r drws o fy mlaen i yn ei saithdegau. Sylwais ar ei dillad. Y flows fach flodeuog dwt. Y gôt law wedi'i phlygu dros ei braich. A'i sgidia hi. Sgidia gorau. Roedd golwg rhy newydd arnyn nhw i fod yn sgidia bob dydd. A doedden nhw ddim yn gyfforddus. Roedd mymryn o chwydd yn ei thraed hi ac roedd hi'n siglo o ochr i ochr wrth gerdded. Trodd i edrych arna i fel pe bai hi'n synhwyro fy mod i'n syllu, a chan gyfeirio at y bag yn ei llaw dywedodd:

"Gobeithio ca' i adael y petha 'ma i gyd iddo fo

heddiw. Ron i wedi dod â gormod y tro o'r blaen. Ond na fo, fel'na ydan ni, 'te…!"

Roedd gen i awydd gafael amdani a beichio crio a dweud: Ia, fel'na ydan ni. Yn eu caru nhw trwy'r cwbwl. Ond wnes i ddim. Dim ond gwenu arni. Gadael iddi ddiflannu i ganol y perthnasau eraill a theimlo'n ofnadwy o fach, ac unig, a hunanol wrth feddwl pwy fyddai yna bellach i ddweud hynny amdana i.

"Mam?"

"Huw?"

Ein henwau ni'n hofran rhyngon ni, yn gwestiynau i'r naill a'r llall.

"Ma gen i betha i ti'n fama…"

Er mwyn gohirio'r petha pwysica. Fel gofyn sut oedd o. Cyffwrdd ynddo. Wn i ddim pam oeddwn i wedi poeni am bobol eraill. Doedd yna neb yno ond ni'n dau. Ni'n dau a'n chwithdod. Doedd hyd yn oed yr ystafell o'n cwmpas ni ddim yn bod.

"Ddoth Dad ddim," meddai. Nid dweud rhywbeth newydd wrtha i oedd o.

Dyna pryd yr edrychon ni i fyw llygaid ein gilydd am y tro cynta ers misoedd. Roedd y cryndod annisgwyl yn ei ddwylo'n peri i mi gydio'n dynnach ynddyn nhw ar draws y bwrdd.

"Huw bach, be dwi wedi'i neud i ti?" Oherwydd mai arna i oedd y bai. Am bopeth. Pe bai o wedi cael y sylw haeddiannol gen i ar hyd y blynyddoedd…

"Dy orau, Mam."

Roedd llewys y crys roedden nhw wedi ei roi iddo rhyw fymryn yn rhy fyr. Am ennyd, fedrwn i ddim siarad am ei bod hi'n anodd llyncu. Roedd Huw wedi gwneud petha erchyll. Doedd dim gwadu hynny. Ond doedd dim gwadu chwaith mai fi oedd yr unig un a allai weld heibio iddyn nhw, at y plentyn fu yn fy mreichiau. Roedd ganddo flynyddoedd o waith talu'r pris.

"Sud w't ti, ta?" Blydi ystrydeb o gwestiwn. Cwestiwn gwirion nad oedd arna i isio'r ateb iddo.

"Dwi'm yn cysgu rhyw lawer…"

Byddai pawb a fu yn y galeri'n gwrando arno'n cael ei ddedfrydu wedi codi fel un gŵr a chymeradwyo pe baen nhw wedi clywed hynny, a gweld y cysgodion yn glynu'n drwm o dan ei lygaid o. 'Dy gydwybod di ydi hynny. Eitha gwaith, y bastad drwg! Ti'm yn haeddu'r un noson o gwsg tra byddi di byw, a gwaed yr hogyn bach 'na ar dy ddwylo di.' Dyna fasa pobol yn ei ddweud.

Cofiais inna'r dannedd newydd a'r crud yn siglo. Frech yr ieir a hunllefau a'r traed bach yn oer wrth iddo ddringo i'r gwely rhyngon ni…

Canodd y gloch.

"Dim ond hynna dan ni'n ei gael…? "

"Mi ddoi di eto?"

"Dof siŵr." Ac eto. Ac eto. Peth felly ydi penyd.

Sŵn cadeiriau plastig yn crafu'r ystafell yn rhacs. Dyna pryd wnaethon ni gofleidio. Roedd o'n feinach. Yn fain. Popeth amdano fo wedi mynd yn llai.

Chwiliais am y wraig a'r traed chwyddedig ar y ffordd allan. Gwyddwn y byddwn yn ei gweld hi o hyd rŵan. Roedd hi'n ymlwybro o fy mlaen i eto, a rhai petha'n dal i fod ar ôl yn ei bag.

"Gormod o betha gen i eto," meddai. "Fel'na ydw i." Gwenodd wrth i ni gyrraedd y drws allan, nid yn gymaint arna i efallai ond ar y chwa o awyr oer oedd yn golchi drostan ni.

"O, wel," meddai fel un wedi hen arfer â'i baich, "mi wnân nhw erbyn tro nesa. Byth yn dysgu, nac'dan?"

A dyma fi'n aros i'w gwylio hi'n cerdded drwy'r giatiau. Mynd i gyfarfod rhyw fws yn rhywle, debyg iawn, i'w chario adra'n ôl. Roedd hi'n siglo'n boenus o ochr i ochr, ei sgidia tyn yn edliw pob cam iddi.

'Rysgol

"Ydi Griff yn dod yn ei ôl, Rhian?" Alys yn dawelach. Aeddfetach. Wedi tyfu i fyny dros nos.

"Dwi'm yn gwbod."

Er bod Rhian Preis yn mynd i edrych amdano'n amlach na neb i'r stafell olau, feddal 'na lle mae'r corneli i gyd yn grwn. Unwaith mi fentrodd hi ofyn i'r nyrs pam fod Griff yn bwyta'i fwyd hefo cyllell a fforc blastig.

"Saffach," oedd yr ateb. Y nyrs wen, lân yn siarad mewn sibrydion oedd yn un â'i dillad gwynion. "Mae o wedi trio'i ladd ei hun unwaith o'r blaen. Gallasai wneud hynny eto."

A Rhian yn cofio'i arddyrnau bryd hynny. Dan rwymau tyn. Rheiny hefyd yn wyn. "Gallasai wneud eto." Pigai'r dagrau poethion tu ôl i'w llygaid. Roedd geiriau'r nyrs mor hurt. Mor eironig o wallgo mewn lle fel hyn. Sut uffar byddai Griff yn gallu'i ladd ei hun hefo cyllell a fforc? Oni bai ei bod hi'n teimlo mor affwysol o drist, byddai Rhian wedi chwerthin yn uchel.

Pe cyrhaeddai ac yntau ar ei bryd nos, arhosai Rhian nes iddo orffen a rhoi'i gerddoriaeth ymlaen.

Yr un ddefod bob tro. Szpilman yn chwarae Chopin. Yr hwyrgan. Doedd dim angen dim byd arall arno.

"Miss?"

Karen sydd 'na. Un o hen griw TGAU Griff. Y set isaf. Un o'r adar brith. Mae'r styd yn ei thrwyn yn edrych fel ploryn.

"Be ti isio, Karen?" Bitsh fach wynebgaled fu hon erioed. Mae Rhian isio iddi ddiflannu o'i golwg hi. Does arni hi ddim isio rwdlian hefo hi rŵan a hithau'n ddiwedd pnawn.

"Pryd fyddwch chi'n mynd i weld Mr Morgan?"

Mae'r cwestiwn yn ei thaflu.

"Wn im. Nos fory ella." Gofalus. Dim ond datgelu'r hyn sydd rhaid. Onid ei dyletswydd hi ydi gwarchod Griff rhag haflug 'run fath â'r rhain?

"Wnewch chi roi hwn iddo fo? Ddaru pawb yn y dosbarth roi pres..."

Mae'r anrhegion wedi eu rhoi mewn bag chwaethus. Siocled. Persawr siafio. Dydi'r pethau ddim wedi cael eu lapio'n unigol a gall Rhian weld yn union beth ydyn nhw. Siocled Thornton's. Afftyr-siêf Paul Smith. Nid rybish mohono. Fe'i gorfodir i dynnu'i hamheuon yn ôl.

"Mi fydd o'n gwerthfawrogi..." Shit. Gair rong. Gair athrawes.

Sylla Karen arni trwy lygaid sydd wedi cael eu paentio fel platiau. Llygaid sy'n hŷn na'u hoed. Try Rhian oddi wrth y dirmyg sydd ynddynt.

“Mae ’na gardyn hefyd.”

Mae Rhian yn cymryd y bag anrhegion, yn troi’i chefn am eiliad i’w roi ar y ddesg tu ôl iddi. Yn dweud yn ei llais athrawes, ei llais ‘dos-o’ma-ti’n-gneud-i-mi-deimlo’n-anghyfforddus’:

“Mi wna’ i’n siŵr ei fod o’n cael popeth.” Mae hi’n gosod y wên ar ei hwyneb yn barod.

Ond erbyn iddi droi rownd mae Karen wedi diflannu fel rhith.

Griff

Hen leuad wen uwch ben y byd.
Ti'n glustiau i gyd.
Yn gwrando arna i'n gwrando.

Mae dy wythiennau di'n gyflawn o hyd.

Ers y noson y dilynaist fi yma. Yn hysio, hysio: 'Ewch â fo. Ei roi dan glo.' Cas oeddet ti. Yn mynd a fy ngadael i wedyn. Fy amddifadu. Tan heno. Heno rwyt ti'n siarad hefo fi eto. Yn fy argyhoeddi. Ti sy'n iawn. Rhen leuad lawn. Mi wyddwn y deuet ti'n ôl.

Ti'n licio'r miwsig? Yr hwyrgan. Ein cân ni. Gwna'n fawr ohoni. O'r nodau ola. Cyn i mi dynnu'r crynoddisg o'r peiriant. Wedi'r cyfan, ti sy'n dweud wrtha i am wneud. Dwi'n ufuddhau er bod hynny'n brifo. Gorfod torri'r ddisgen loyw'n ddau hanner. Lleuad gron o ddisg yn ddarnau milain, miniog.

Miniocach nag unrhyw gyllell.

Mae'r creithiau'n amlwg ar fy ngarddyrnau ers y tro cyntaf. Ers pan dynnon nhw'r rhwymau. Hanner-lleuadau ydyn nhwtha. Hanner-lleuadau o greithiau marmor. Sbia. Edrycha. Maen nhw'n deyrngedau i ti. A'r gwythiennau glas yn ddrychau o'th wythiennau dithau. Yn codi i'r wyneb. Yn llawn. Yn aeddfed. A'r croen mor denau drostyn nhw. Bron yn dryloyw. Yn dynn.

Yn barod – am y tro olaf – i hollti.

Mae gŵr ifanc gwelw yn cerdded llwybr y fynwent. Cerdda'n araf. Mae'n gloff, effaith damwain car a gafodd. Roedd hi'n ddamwain ddifrifol. Mae'n lwcus ei fod yn fyw. Yn ôl pobol eraill. Ond dydi o ddim yn ei gweld hi felly. Iddo fo'r eiliad honno, peidio â bod yn farw ydi'r peth anodda'n fyw.

Penlinia o flaen bedd newydd. Rhy newydd. Does yna ddim carreg eto. Dim enw. Dim ffiol iddo osod blodau. Nid oes ots am hynny. Un blodyn sydd ganddo. Tegeirian mawr tlws yn ei ffiol ei hun. Rhydd gusan i'r blodyn cyn gwasgu'r ffiol i ddiogelwch y pridd ffres.

Cusan.

Dyna'r cyfan ydi hi. Oedd hi. Un gusan fach. Llai na chusan. Sws.

Sws sydyn, swil na fydd hi byth drosodd.

AWDURON ERAILL

yn y gyfres arloesol hon:

Gareth F Williams
Gwion Hallam
Lleucu Roberts
Arwel Vittle
Caryl Lewis

Gwyliwch y wasg
neu cysylltwch â'r Lolfa
am fanylion llawn!

Am restr gyflawn o lyfrau'r wasg,
mynnwch gopi o'n Catalog newydd, rhad
– neu hwyliwch i mewn i'n gwefan

www.ylolfa.com

i chwilio ac archebu ar-lein.

TALYBONT CEREDIGION CYMRU SY24 5AP
e-bost ylolfa@ylolfa.com
gwefan www.ylolfa.com
ffôn (01970) 832 304
ffacs 832 782